弥助、命を狙われる

廣嶋玲子

「近いうちにおまえの愛しいその子を奪ってやるわ、白嵐」妖怪奉行所の牢獄から脱獄した女妖は、そう告げて姿を消した。以来、太鼓長屋に住む弥助は、養い親である千弥の過保護ぶりに息が詰まりそうだった。自分の命が狙われているのだ、弥助だって怖くないわけはない。だが、あんな女のせいで怯えて暮らすなんていやだ。意地でも普通に暮らし、妖怪の子預かり屋の役目も果たしたい。月夜公の強力な結界が張られた長屋の領域から出ないことを条件に、しぶしぶ千弥も弥助の願いを聞き入れたものの……。大人気のお江戸妖怪ファンタジイ第八弾。

人物

久蔵《きゅうぞう》
太鼓長屋の
大家の息子

千弥《せんや》
太鼓《たいこ》長屋に住む
按摩《あんま》の青年

玉雪《たまゆき》
兎《うさぎ》の妖怪

梅吉《うめきち》
梅の子妖怪

弥助《やすけ》
千弥の養い子

登場
飛黒《ひぐろ》
妖怪奉行所の
筆頭烏天狗《からすてんぐ》
月夜公《つくよのぎみ》
妖怪奉行所
東《ひがし》の地宮《ちぐう》の
奉行
津弓《つゆみ》
月夜公の甥《おい》
王蜜《おうみつ》の君《きみ》
妖猫族《ようびょうぞく》の姫
初音《はつね》
久蔵の女房。
華蛇族《かだぞく》の姫

紅珠《こうじゅ》
王妖《おうよう》狐《こ》族《ぞく》の女

化けあざみ
あざみの妖怪

青彦《あおひこ》
化けあざみの子

茸坊《きのこぼう》
茸の妖怪

墨子《すみこ》
白松《しろまつ》
赤丸《あかまる》……茸坊の子
茶吉《ちゃきち》
黄助《きすけ》

十郎《じゅうろう》
仲人屋《なこうどや》

あせび
妖怪奉行所
東の地宮の武具師

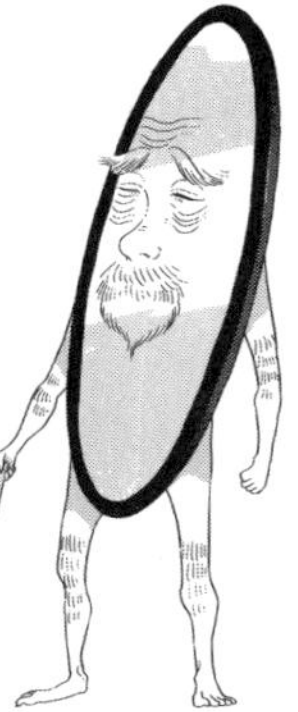

胡雲《こくも》
雲外鏡の孫

雲外鏡《うんがいきょう》
鏡妖怪の長《おさ》

朱狛《あかごま》
犬の土鈴《つちすず》の付喪神《つくもがみ》

うぶめ………子供を守る妖怪
綾姫《あやひめ》………十郎が仕えていた豪族《ごうぞく》の娘
総一郎《そういちろう》………綾姫の許婚《いいなずけ》

妖怪の子預かります８

弥助、命を狙われる

廣嶋玲子

創元推理文庫

WATCH OUT, YASUKE

by

Reiko Hiroshima

2019

目次

登場人物紹介・扉イラスト　Minoru

弥助、命を狙われる

妖怪の子預かります8

弥助、命を狙われる

大切だ。
愛《いと》しい。
守りたい。

想い一つで、人はいくらでも強くなる。
だが、時に、その想いが歪《ゆが》んでしまう者もいる。
自分のものにしたい。
言うことを聞かせたい。
こんなにも想っているのだから、相手はそれに応えるべきだ。

こうなると、もはや愛情とは言えない。

執着だ。

そして相手が自分の思いどおりにならなければならないほど、執着はより強烈なものとなり、ねじくれたどす黒い感情へと変わっていく。

そう。憎悪となるのだ。

それは、人に限ったことではなかった……。

一

鬱陶《うっとう》しい梅雨《つゆ》の長雨。何もかもが水に濡れ、べたべたと湿気《しけ》て、土は泥と化し、着物や布団がかび臭さを放ちだす、厄介極まりない季節だ。

だが、梅雨のじっとりとした空気よりも湿っぽいものが、今、弥助《やすけ》のいる部屋にはあふれていた。

それを発しているのは、弥助の養い親の千弥《せんや》だ。部屋の隅に膝を抱えて座りこみ、すっかりすねている。

なんでなんだいと、千弥は恨めしげに繰り返した。

「弥助はわかってないよ。おまえは狙われているんだよ？　しかも、相手はあの月夜公《つくよのぎみ》ですら手を焼いたというやつだ。そいつがまだ捕まっていないっていうのに、いつもどおり子妖どもを預かりたいだなんて。信じられないよ。こんな時くらい、休んだっていいじゃないか」

ぶつぶつと文句百万陀羅《ひゃくまんだら》の千弥に、弥助は苦笑した。

この太鼓《たいこ》長屋に暮らす弥助は、ごく普通の少年でありながら、妖怪の子預かり屋を担う世にもめずらしい人間だ。

そして、養い親の千弥は、かつては白嵐《びゃくらん》という名で知られた大妖である。といっても、今は妖力のほとんどを失い、ただの按摩《あんま》として人界に身を置いている。老いることも衰えることもない美貌だけが、千弥が人ではないことを示しているのだが、それはまあ、今はどうでもよい。

とにかく、ここで重要なのは、千弥が弥助を溺愛《できあい》しているということだ。他者に対しては冷淡なほど無関心なくせに、弥助のこととなると、親馬鹿丸出しで騒ぎに騒ぐ。弥助のためならいくつもの常識を蹴り捨てるのも、異様なほど弥助の身を心配するのも、いつものことだ。

が、今回ばかりは事情が違った。弥助の命が本当に狙われているからだ。

狙っているのは、王妖狐《おうようこ》族《ぞく》の紅珠《こうじゅ》。妖怪奉行の月夜公の血縁であり、月夜公を愛し欲するあまり、殺しまで犯した女妖《じょよう》だ。長年氷牢に閉じこめられていたのが、つい先日脱獄を果たし、いまだ行方をくらませている。

だが、行方をくらませる前、紅珠はこの太鼓長屋にやってきて、はっきりと告げたのだ。

弥助を狙うと。

千弥を苦しめるために、弥助の命を奪ってみせると。

それ以来、千弥はぴりぴりと神経を尖らせていた。外に行くことも客が来るのも嫌がるようになり、弥助が厠《かわや》に行く時にまで一緒についていく始末だ。

「あの女が捕まるまで、ここにじっとこもって、誰とも会わず、私と二人きりで過ごそうよ。それがいいんだよ。……それとも嫌かい？　私と二人きりになるのが、そんなに嫌なのかい？」

絶望的なうめき声をあげる千弥に、弥助は慌てて飛びついた。

「そんなことないよ。嫌なわけないいじゃないか。妖怪達と知り合う前は、ずっと二人きりだったわけだし」

「それじゃどうしてなんだい？　うんと、どうして言ってくれないんだい？」

それはと、弥助は少し口ごもった。

「……なんかさ、普段どおりにしてないと、すごく怖くなっちまいそうなんだよ」

「おかしなことを言うね？　狙われているんだから、怖くて当たり前じゃないか」

「うん。でもさ、それはそれで、すごく腹が立つんだ。あんな女のせいで、怯えて暮らすなんて……俺、やなんだよ」

だから、あえて普通に暮らしたい。

今では子預かり屋の役目も、弥助にとっては暮らしの一部だ。だから、このまま続けたいのだと、切々と訴えた。

「大丈夫だよ。月夜公が言ってくれたじゃないか。これからは昼夜を問わず、この長屋を烏天狗《からすてんぐ》達に見張らせるって。ここを守る結界も、前よりも強いやつにするって。あの女がもし見張りの目をかいくぐってきても、ここには入れやしないって」

「……それじゃ、せめて長屋の外には出ないと約束しておくれ。長屋の領域からは出ないと、そう約束しておくれ。頼むから」

肩をつかまれ、弥助はうなずいた。このあたりで妥協しなければ、それこそ千弥が大声で叫びだしかねないからだ。

「わかった。約束する。紅珠が捕まるまでは、長屋を離れないよ。……でも、買い物は?」

「どうせぼて振りが来るよ。彼らからなんでも買えばいいし、必要なものがあれば、私が買いに行くよ」

「それじゃ千にいが紅珠に襲われちまうんじゃ……」

「いや、それはないね」

千弥はきっぱりと言った。

「紅珠は私を憎んでいる。あの憎しみは本物だよ。だから、私を直接襲うことはないだろう。弥助を狙うほうが、より私を苦しめるとわかっているからね。……勘のいい女だよ。私にとってなにより大切なものを、ごくわずかな間に見抜いたんだから」

だからこそ、侮《あなど》れない。宣言したとおり、あの女は必ずや弥助を殺しに来るだろう。

美しい顔に焦りと苛立ちを浮かべながら、千弥は唇を噛んだ。

「つくづく悔しいよ。こんなことになるとわかっていたら、妖力を手放したりしなかった。力がありさえすれば、こちらからあの女を狩ってやれただろうに」

力があれば、確実に弥助を守れたものを。

それができないことが腹立たしい。悔しい。

ぎりぎりと歯ぎしりする千弥の手を握りながら、ふと弥助は首をかしげた。

「それにしても……なんで紅珠は千にいを憎んでいるんだろう？　会ったこと、ないんだよね？」

「ないね。名前すら知らなかった相手だよ」

「じゃ、千にいが恨まれる筋合いなんて、ないはずなのに。なんでなんだろ？」

「…………」

弥助は知らないのだ。

かつて千弥と月夜公は親友であったこと。だが、ある事情から、千弥がその友情を手放したこと。それどころか、あえて月夜公が自分を憎むように仕向けたこと。

おかげで、今では二人は犬猿の仲として知られている。

だがもし、あの頃から紅珠が月夜公に焦がれていたのだとすれば、千弥に憎悪を募らせるのには十分すぎる理由だ。

（あいつは昔から、姉の綺晶《きしょう》殿にしか笑いかけなかったという。私を友としたあとは、私にも笑顔を見せるようになったが……今思えば、あれはとても稀有なことだったんだろうね）

あの頃はそれが特別なことなのだとは気づけなかった。

だが、紅珠は当然気づいたはずだ。

自分が切望しても与えてもらえなかったものを、あっさりと手に入れた白嵐が憎い！許せない！

そう思ったに違いない。

それでも手出しをしてこなかったのは、千弥にはまだ強大な妖力があった上、紅珠自身もまだまだ猫をかぶっていたからだろう。

だが、今は全てが変わった。

千弥は力の源《みなもと》である目玉を失い、一方の紅珠は何も恐れることなく本性をさらけ出している。

紅珠はもともと、いずれは月夜公の伴侶《はんりょ》になるとさえ言われていたという。妖力の強さは、この前まみえた時にしかと感じた。恐らく、術をかけるのも巧みだろう。

だが、負けるつもりは毛頭ない。弥助は守る。なんとしても。

「千にい？　千にい、どうしたんだい？」

「ん？　何か言ったかい？」

「なんか怖い顔をして黙りこんじまったからさ。何？　紅珠に恨まれるわけとか、思い出したのかい？」

「いいや、見当もつかないよ。なにしろ会ったこともなかったんだから」

さらりと嘘をつきながら、千弥は立ちあがった。

「どこ行くの？」

「もうすぐ夜だ。おまえが子預かり屋を続けるというなら、それなりの用心をしなくちゃね。すぐ戻るから、弥助はここにいるんだよ。誰が来ても、私が戻るまでは戸を開けちゃいけない。わかったね？」

「うん」

千弥はすばやく出て行き、四半刻もしないうちに戻ってきた。その手には、小さな土鈴《つちすず》が握られていた。身を丸めた犬の形をしており、全体は赤く塗られ、つぶらな目がかわいらしい。振ると、からころと、素朴な音がした。

その鈴を、千弥は弥助に渡した。

「これをいつも懐《ふところ》に入れておいておくれ」

「お守り？」

「そう。念のためだよ」

「……これって、なんなの？」

弥助が尋ねても、千弥は笑うばかりで答えなかった。

ともかく、弥助は土鈴を懐に入れることにした。それを肌身離さず持ってさえいれば、厠までついていくのはやめると、千弥が約束してくれたからである。

さて、その夜もまた妖怪が弥助達のもとに来た。

やってきたのは、初めて見る妖怪だった。

見た目は小柄な修業僧のようだった。緑とも茶ともつかぬ色をした肉厚な笠をかぶり、同じ色の衣で身を包んでいる。近づくと、土や苔《こけ》のような湿った匂いがした。

「お初にお目にかかる。わしは茸坊《きのこぼう》と申す」

「あ、茸か！」

確かに茸だと、弥助は納得した。

茸坊は少し疲れた様子だった。

「なにやら物々しい雰囲気でございまするな。ここに近づく前、烏天狗達からあれこれ取り調べを受けましたぞ。この笠の下まで探られて……いったい、何事でございまする？」

「あ、うん。ちょっと俺、狙われててね」

「狙われている？」

「うん。この前、脱獄した紅珠っていう女妖に」

茸坊はたちまち不安げな顔となった。それを感じ取ったのか、奥にいた千弥が尖った声を放った。

「子を預けるのが心配かい？　なら、帰ってくれてけっこうだよ」

「いやいや、こちらもそうはいかないので。……やはり、預かっていただきましょう」

茸坊は身を震わせた。とたん、ぽろぽろと、いくつもの小さな丸っこいものが衣の中から転がり出てきた。

「おほ、かわいい！」

小さな子妖達だった。いずれも茸坊と同じように、大きくて丸い笠をかぶり、眠たげな細い目をしている。衣や笠の色はそれぞれ違い、黒、白、赤、茶、黄と分かれている。

「右から順に、墨子《すみこ》、白松《しろまつ》、赤丸《あかまる》、茶吉《ちゃきち》、黄助《きすけ》でございまする。明日の夜には迎えにまいりますゆえ、よしなに」

「わかった。飯は？　食わしちゃいけないものとかある？　あと、これだけはしてくれるなっていうこととか、何かあるかい？」

「食事はけっこう。ただ、時折水を飲ませてやってくだされ。それから、日の光に当たると、しぼんでしまうので、日中は箱の中にでも入れておいていただけるとありがたい。……あまり動きまわる子らではないので、ご迷惑はかけないかと」

よろしくお願いすると言って、茸坊は去っていった。

茸坊の子供らは、確かにあまり動かなかった。人見知りをするのか、弥助が何か話しかけても、もじもじとしてほとんど言葉を返さない。そのかわり、兄弟同士ではぴちょぴちょと、まるで小鳥のようなささやきを交わし合う。

色々な子妖がいるのだからと、弥助はあまりかまわないでやることにした。

少しすると、子妖達は動きだした。柱を一列に登っていき、一列になって止まる。木にはりついていると心地よいらしい。目がとろんとし始める。

柱から茸がはえているようにしか見えず、弥助はおかしくてたまらなかった。

「ほら、そろそろ水でも飲むかい？」

椀に水を入れて持っていってやると、「ふりかけて」と、小さな声でささやかれた。そこで手を水に浸し、子妖達の上で振ってやった。

ぱらぱらと落ちてくる雫《しずく》を、子妖達は嬉しそうに受け止めていく。笠にかかるのも気持ちがいいようだ。

そうしてそのまま眠ってしまった。

弥助は念のため一匹ずつ柱からはがし、大きな長持の中にしまっていった。このまま朝が来たとしても、長持の中であれば日の光は当たらないからだ。

最後の一匹をしまい終えた弥助に、千弥が言った。

「梅吉《うめきち》や津弓《つゆみ》に比べると、ずいぶん手のかからないおとなしい子らだね」

「あの二人に比べたら、たいていの子妖はおとなしいって。あ、でも、火食い鳥の子は別かな。大食らいで、腹減ったって、わめいてばかりだし。それに、厄介と言えば、豆だるまどもだね。あいつら、ちょっとの間も動きを止めないで、ころころ、あちこちの隙間やみぞに転がりこんでいくから。一度見失うと、捜すのが大変でさ」

「……やっぱり子妖なんて、どれもろくなもんじゃないんじゃないかい？」

「…………」

言い返せず、弥助はちょっと落ちこんだ。

翌日の朝、子妖達に水を飲ませてやろうと、弥助は長持の蓋を持ち上げて、中をのぞきこんだ。

茸そっくりの子妖らは、一つにかたまって、ぐっすりと眠っていた。起こすのもかわいそうなので、弥助はそのまま寝かせてやることにした。

だが、蓋をしめようとした時だ。

「ん？」

赤い子妖の笠が目にとまった。なんだか、昨夜よりもぷっくりとふくれて、盛りあがっている気がする。

大丈夫かと、弥助は思わず指で軽くつついた。とたん、ぶわっと、赤みがかった薄茶色の霧のようなものが噴き出してきた。

いきなりだったので、弥助はもろにそれを吸いこんでしまった。細かな粉のようなものが、鼻の奥にはりつく。

たちまちむずがゆさに襲われ、弥助は特大のくしゃみをした。その音がやたら大きく響き、頭がぐわあんと揺れた。

それから不思議なことが始まった。

なんだか体が浮き上がるような妙な心地となったのだ。周りのものがぐねぐねとうねって見える。黒いものも茶色いものも、全てが光っている。

わけもなく楽しい気分になり、弥助はくすくす笑いだしていた。

しみだらけの天井も、ぼろぼろの壁も、みんな自分に笑いかけてくれている。ああ、楽しい！　なんてきれいで楽しいんだ！

「……け！　弥助！」

がくがくと揺さぶられ、弥助はやっと我に返った。

「ほえ？　あ、千にい……どうしたの？」

「どうしたのじゃないよ！　ああ、よかった！　ようやく正気に戻ったんだね！」

泣きださんばかりの顔をしながら、千弥は弥助を抱きしめた。

目を白黒させた弥助だったが、千弥の肩越しに、茸坊が申し訳なさそうに立っているのに気づいた。腕には五匹の子妖を抱えている。

「あれ？　茸坊？　迎えに来るのは、夜じゃなかったのかい？」

「……もう夜でございまするよ」

まさかと、弥助は笑った。

先ほど長持の中を確かめたのを覚えている。そこからの記憶はあいまいだが、いきなり夜になるはずがない。

だが、千弥もかぶりを振ったのだ。

「本当だよ。もう夜なんだよ」

「嘘……」

「おまえはね、いきなり畳の上に倒れて、それからずっと笑っていたんだよ。ああもう、気が気じゃなかった。このまま正気に戻らなかったら、どうしようかと思ったよ」

ほっとしたように弥助の頭を撫でる千弥。

一方、弥助は呆然としていた。

朝だったはずなのに、気づけば夜になっていた。夢の中にいたように頭の奥も痺《しび》れている。こんなのは味わったことがない。

「どうして……」

「恐らく、赤丸の胞子《ほうし》を吸いこんだのでございましょうな」

茸坊が言った。

「胞子？」

「はい。これは最初に申し上げておくべきでございました。我ら茸のあやかしは、満腹になったり、くつろいだりすると、胞子を吐くのでございまする」

そうだよと、茸坊に抱えられた子妖達がいっせいにさえずりだした。

「げっぷと同じ」

「おならと同じ」

「それか、うん……」

「待った！　そのくらいで勘弁してくれ！」

そんなものを吸いこんでしまったのかと、弥助はがっくりした。

そして、千弥はとげとげしい顔つきとなった。

「胞子ってのは、茸が増えるための種みたいなものなのだろう？　まさか、弥助の体から茸がはえてくる、なんてことにはならないだろうね？」

「それはありえませぬ。ただ人の体に入ると、少々、普段とは違う夢を見せるくらいでございまする。……ですが、吸いこんだのが赤丸の胞子で、ようございましたな。これが墨子のであったら、大変なことになっていた」

どう大変なのか、弥助は尋ねなかった。聞くのが恐ろしかったのだ。

礼として大ざるいっぱいの茸を残し、茸坊とその子供らは去っていった。

ばしんと、荒っぽく戸を閉じたあと、千弥はまた心配そうに弥助にすりよった。

「ほんとにもう大丈夫なのかい？　どこか少しでも普段と違うところがあったら、すぐに言うんだよ。医者を呼ぶからね」

「大丈夫だって。それに、なんかすごく気持ちよかったんだ。ほんと、今までに味わったことがない感じで。あれなら、また吸いこんでもいいかなって、思うくらいだよ」

弥助は冗談で言ったのだが、千弥は笑わなかった。とんでもないと、顔を険しくした。

「そういうことを言うなら、もう二度と、うちでは茸のあやかしは預からせないよ」

「そんな。ちょっと冗談言っただけだよ。……それに、俺にはいつも笑っていてほしいって、言ってなかったっけ？」

「それとこれとは話が別だよ。意味もなく、けたけた、くすくすと、ずっと笑い続けられてごらん。こっちが呼びかけても何も答えてくれないし。あんな怖い思いをするのは一度でたくさんだよ」

やっぱり子預かり屋はしばらく休んだほうがいいのではないか。

話を蒸し返されそうになり、弥助は慌てて千弥のご機嫌取りにかかった。

二

茸坊《きのこぼう》の一件より数日後の夜更け、また客がやってきた。

今回も初めてまみえる妖怪だった。

背の高さは弥助と同じくらいで、人に似た姿をしている。草花で編んだ衣をまとい、顔立ちは素朴な百姓女《ひやくしよう》を思わせるものだった。全身がぼんやりと淡く光って見えるのは、産毛《うぶげ》のごとく細い白いとげがびっしりとはえているせいだ。肌の色は薄緑色で、逆立つ髪は、春の蓮華《れんげ》の花びらのような赤みをおびた紫色であった。

連れている子妖は男の子で、母親と瓜二つの姿をしていた。違いと言えば、顔つきが幼いこと、背丈が母親の半分しかないということくらいだ。

この親子は草か花のあやかしに違いないと、弥助はふんだ。二人から、青草のような香りが漂ってきたからだ。

はたして、母親は「化けあざみ」と名乗った。

「今夜はうちの子を預かってもらいてぇんですけど」

「いいよ。その子だね？」

「へえ、青彦《あおひこ》といいますだ。ほら、青彦。おめえも弥助さんに挨拶するだよ」

だが、青彦は恥ずかしいのか、母親の体に顔を押し付け、何も言わなかった。

「こら、青彦！」

「いいよいいよ。ここに初めて来る子は、みんなそんなもんだから」

「すんません、ほんとに。この子はいっつもおらにべったりで」

「母ちゃんが大好きなんだな」

「へえ。いつまでも甘ったれてて、困りますだよ」

困った顔をしつつ、化けあざみの声は優しい。こういう声を聞くと、弥助も母が恋しくなる。だが、自分には千弥がいるのだからと、すぐに気を取り直した。

「それで、いつまで預かればいいんだい？」

「明日の夕暮れには迎えに来ますだ。あ、そうだ。忘れねえうちに、これを渡しておかなくちゃ」

そう言って母親が出してきたのは、大きな瓢箪《ひょうたん》と布団のような包みだった。

「なんだい、これ？」

「瓢箪にはおらの蜜《みつ》が入れてありますだ」

「蜜？」

「へえ。腹が減ったと騒いだら、これを飲ませてやってくだせぇ」

「そっか。乳みたいなもんなんだな。わかったよ。で、こっちの布包みは？」

「半纏《はんてん》ですだ。まま、ちょっと着てみてくだせぇ」

包みを差し出され、弥助は目を丸くした。

「え？　俺が着るの？　青彦じゃなくて？」

「へえ。ま、どうぞ着てみてくだせぇ」

首をかしげながらも、弥助は包みを受け取った。とたん、またも目を見張った。包みは、水を吸わせた布団のように重かったのだ。

風呂敷を開いて見れば、確かに中にあったのは半纏だった。ただし、ずろりと裾も袖も長い。しかも、袖の先が縫い合わされ、閉じられている。おまけに、どれほど中に綿がつめこまれているのか、ひどく重く、動きにくいことこのうえないのだ。

着てみて、弥助はうめき声をあげてしまった。だが、化けあざみは満足そうにうなずいた。

「よかった。丈もちょうどいいですだ」

「どこがいいんだよ？　重くて動けないし、これじゃまるで甲冑《かっちゅう》だ！」

「でも、そうじゃなきゃ弥助さんの体がとんだことになっちまいますだよ？」

「どういうことだい？」

それまで黙っていた千弥が、ぬっと顔を突っこんできた。早くもその柳眉《りゅうび》が吊りあがっている。

「とんだことになるって、どんなことになるって言うんだい？」

「あ、いや、ほら、うちの子はとげがはえているもんだから。おらはもちろん平気だけれど、肌がやわい人やあやかしにはちょっと厳しいだろうから、抱いたり、撫でたりする時、この半纏を着ておかないと、体中にとげが刺さって、真っ赤になっちまうかなって」

冗談じゃないよと叫びそうになる千弥を制し、弥助は急いで言った。

「でも、この半纏を着てれば、大丈夫なんだろ？」

「へえ。そりゃもちろん。この半纏はうちの子のとげなんか、通しゃしませんだよ。なにしろ、亀の甲羅《こうら》よりも硬くしっかり作ってあるんで」

「それなら安心だ。ね、千にい」

「むぅ……」

「だ、大丈夫ですだよ」

取り繕《つくろ》うように、化けあざみが笑った。

「青彦には、むやみやたら誰かにひっつくなって、言い聞かせてありますだ。そりゃこの子は甘えん坊だけど、そのへんはちゃんとわかっていますだよ」

「……本当だろうね？」

じわっと冷気を放ちながら、千弥は化けあざみに向き直った。

「弥助の体にとげ一本刺そうものなら、私はおまえの子をたわしでこすりあげて、丸裸にしてしまうが、それでも文句はないだろうねぇ？」

「ひ、ひえぇ……」

まあまあと、弥助は二人の間に割って入った。

「千にい、そんなにいじめないでやってよ。こうしてちゃんと、俺の体を守る物を持ってきてくれたんだよ？　ちゃんとしてるじゃないか」

「しかしね、弥助、私はどうも気に入らないよ」

「そう言わないで。化けあざみ。明日の夕方まで、青彦はきっちり預かるから。安心して置いてってていいよ」

「ありがとうございますだ。そ、それじゃ、おらはこれで。青彦、いい子にしてるだよ」

「母ちゃん……」

「ほらほら、明日には会えるんだから。そんな顔をするでねえよ」

我が子の頭を優しくぽんぽんと撫で、化けあざみは急ぎ足で去っていった。

置いていかれたのが悲しいのか、青彦はそのまま土間にしゃがみこみ、しばらくしおれていた。が、弥助が独楽《こま》を出して、遊ぼうと誘うと、いそいそと上がってきた。遊んでいるうちに、人見知りもすっかり薄れ、べたべたと弥助に甘えだした。

だっこ、とせがまれたので、弥助はあの重たい半纏を着こんで抱き上げてやった。化けあざみが言ったとおり、青彦のとげは半纏に刺さりもしなかった。

全身にのしかかる重みに辟易《へきえき》しながらも、弥助は青彦が満足するまで抱いてやり、それから瓢箪の蜜を飲ませた。

「うめぇ！」

青彦があまりにもおいしそうに飲むものだから、弥助も少し舐《な》めさせてもらった。葛湯のように少しとろみがあり、こくのある甘みの中にさわやかな花の香りがまじっている。

「ほんとだ。うまいな」

「そうだろ。母ちゃんの蜜はうめえんだ」

ぐびぐびと蜜を飲んだあと、青彦はげっぷを何度かして、ころりとそのまま眠りこんでしまった。

半纏を脱ぎにかかりながら、弥助はうめいた。

「ふええ、疲れたぁ。なんか、こんな腕と肩が痺《しび》れたのって、子泣きじじいの孫を預かった時以来だよ。あいつもめちゃくちゃ重かったけど、今回は堪えるなぁ。最近暑くなってきているし、もう汗だくだよ」

「かわいそうに。おまえはいつもがんばりすぎなんだよ、弥助。……そうだ。私がだっこしてあげようか？」

「青彦を？」

「いや、おまえをだよ」

「俺？　な、なんで？」

「そうすれば、気持ちも心も癒されるだろう？　肩のこりだって、ほぐれるんじゃないかい？　ほら、おいで。昔はよくだっこしてあげただろう？」

両手を広げる千弥から、弥助は一歩あとずさった。それまでとは違った意味の汗が、だらだらと背中を流れていく。

「あ、いや。さすがにそれはちょっと……俺、体が大きくなったし」

「かまわないよ。おまえが身の丈六尺の大男になったって、私はいつだってだっこしてあげるよ」

「……気持ちだけ受け取っておくよ。あ、ほら。もう寝たいな。だいぶ遅いし、疲れたし」

「そうかい？　それなら、私が布団を敷いてあげようね。その間に、おまえは体を拭いておいで。汗をかいたまま寝ると、風邪をひくからね」

「うん」

なんとか千弥の気をそらすことができたと、弥助は胸をなでおろした。

翌朝、弥助と千弥が目を覚まし、布団を片づけ、朝餉《あさげ》をとる段になっても、まだ青彦は部屋の片隅で眠りこけていた。

「そのままできるだけ寝かせておおき。起きると、だっこしてくれと、またせがんでくるだろうから」

「そうだね。……今日は六丁目に行くんだっけ？」

「ああ。金物問屋の大おかみに呼ばれたからね。あの大おかみの血の流れはかなり悪いから、按摩《あんま》も手こずるだろう。帰りは少し遅くなるかもしれないけれど、私が戻るまで外に出ちゃいけないよ？」

「わかった。そっちも気をつけてよ」

「私は大丈夫だよ。紅珠が狙っているのはおまえなんだから。……ほんとは用足しも、厠《かわや》なんぞ行かずに、そこの盥《たらい》なんかですませてほしいんだけどねぇ」

「……それだけは勘弁して」

一刻も早く紅珠がお縄になりますように。

心の底からそう願いながら、弥助は卵をかけた飯をわしわしとかきこんだ。

千弥が昼前に出かけたあと、弥助は洗濯にとりかかった。洗う物はそうはないが、手ぬぐいなどはいつもきれいにしておきたい。今日は久しぶりに雨が止んだし、布団も干すとしよう。

猫の額ほどもない庭の物干しに、洗った手ぬぐいや布団をひっかければ、なんだか一仕事やりとげた気持ちになる。

だが、部屋にあがって、そこから物干しのほうを満足げにながめていた時だ。ふわっと、足に何かが触れた。

見下ろせば、青彦がそこにいた。まだ半分とろけたような目をしながら、眠そうにこちらに笑いかけてくる。

「母ちゃん……蜜おくれよぉ」

寝ぼけた声をあげながら、青彦は弥助の足に抱きつき、顔をすりすりとこすりつけてきた。

ちりちりっと、火花が足に走った気がした。それは一瞬で、燃えるような痛みへと変わる。

慌てて青彦を引き剝がした時には、弥助の右膝から太もものあたりまで、とげが無数に刺さっていた。

「い、いてぇ……」

痛いなんてものではなかった。みるみる肌が赤く火ぶくれのようになり、刺さったとげを埋めていく勢いで盛りあがっていく。

その様子に、青彦も目を見開いた。

「や、弥助……ご、ごめん！　ごめんよぉ！」

「だ、大丈夫だ」

焼けつくように痛む足をひきずり、弥助は土間におりた。そこにあった水甕《みずがめ》の中にそのまま足を突っこむと、少しだけだが楽になった。

ふと、幼い頃にうっかり毛虫をつかんでしまい、ひどい目にあったのを思い出した。もっとも、今回のは痛みも何もかもけた違いだが。

しばらくすると、ようやく痛みがましになってきた。痛みのかわりに、むずがゆいような、痺れるような感じが広がっていく。

弥助は恐る恐る足を引きあげてみた。

「うはぁぁ……」

思わずうめき声をあげてしまった。

足は、もはやぼこぼこだった。赤紫色に腫れあがった肉の隙間から、ちょんちょんと、とげの先端が見えている。

千弥がいなくてよかったと、つくづく思った。弥助の足がとげだらけになり、真っ赤に腫れあがったと知ったら、問答無用で青彦の体をたわしでこすりあげていたはずだ。

千弥が戻る前に、なんとかしなければ。幸い、水に浸したおかげで、痛みはなんとか我慢できるまでにおさまっている。

泣きじゃくっている青彦にも手伝わせ、弥助は刺さったとげを一本ずつ引き抜きにかかった。手間はかかるが、これしか方法はない。

抜いたとげは、広げた懐紙の上に置いていった。あとでまとめて、へっついに放りこんで燃やしてしまうつもりだ。

「急げよ、青彦。千にいが戻ってくる前に、全部抜いちまわないと。さもないと、おまえ、おしまいだぞ」

「うぅっ！」

「ほら、泣いてないで、手を動かせって」

「ご、ごめんよぉ」

「わかってるよ。悪気はなかったんだろ？　寝ぼけてたんじゃ、しょうがないって」

なぐさめ、励まし、同時に手も動かして。

半刻ほどかかったが、びっしりと刺さったとげをなんとか取り除くことができた。

とげがなくなった足に、弥助は河童《かっぱ》からもらった水薬を惜し気もなくふりかけた。効能抜群の水薬のおかげで、みるみる痛みと腫れが引いていく。

二重の意味で、弥助はほっとした。

あとは薬の匂いを消すために七輪で魚をあぶって、さらに青彦に口止めをしておけば、千弥にこの一件が知られることはないだろう。

まだ鼻をすすっている子妖に向き合い、弥助は顔をのぞきこむようにして言い聞かせた。

「いいか。このことは絶対に、絶対に千にいに言っちゃだめだぞ。わかってるな？」

「で、でも、おらのせいで……」

「俺ならもう大丈夫だって。ほら、ちゃんと赤いのもとれただろ？　でも、千にいは心配しちまう。もう治ったたって言っても、俺を布団に放りこんで、医者を呼ぶに決まってるんだ。頼むよ。俺を助けると思って、黙っててくれよ。な？」

「わ、わかった……なあ、弥助ぇ」

「なんだい？」

「おらの母ちゃんにも言わないでくれるだか？」

「いいよ。男と男の約束だ」

弥助がうなずくと、青彦はやっとほっとしたような顔をした。

そのあと、弥助は念入りに騒ぎのあとを片づけ、匂い消しのためにたっぷり魚をあぶっておいた。そうして青彦と二人、何食わぬ顔をして、千弥を、そして化けあざみを出迎えたのだ。

青彦は無事に化けあざみと帰っていき、勘の鋭い千弥にも今回の一件は気づかれることはなかった。

だが、何もかも丸く収まったわけではない。

弥助の足には、見落としたとげが何本かあったらしい。その後もしばらく、何かの拍子に足がしくりと痛むことが続いたからだ。

三

今日も見つけられなかった。

重たいため息をつきながら、烏天狗《からすてんぐ》の飛黒《ひぐろ》は大杉の枝に舞い降りた。

「今夜はここで野営する」

飛黒の言葉に、後ろに従う烏天狗達は次々と周囲の木々へと降りだした。各々、太めの枝に足のかぎづめを食いこませ、腰をおろしていく。

たちまち、松ぼっくりのように、烏天狗のすずなりができあがった。

傍《はた》から見ればなかなか面白い光景であったことだろう。だが、笑う者はいなかった。隣り合った者同士、言葉を交わすこともない。皆、しゃべる気力もないほど疲れ果てているのだ。中にはすでに眠りかけている者すらいる。

無理もないと、飛黒は思った。

もう半月以上も、逃げた女妖、紅珠を捜し回っているのだから。

月夜公の右腕として、飛黒は烏天狗の半分を率いて、西一帯の捜索をまかされていた。今日はまる一日かけて、広い沼地を見て回った。泥まみれになりながら、自分達の背丈よりも高い葦《あし》をかきわけて。文字どおり草の根をわけて捜したわけだが、紅珠の痕跡は見当たらなかった。

日夜を問わぬ捜索で、烏天狗達は疲弊《ひへい》していく一方だ。飛黒自身、疲れと焦りと苛立ちにさいなまれていた。

水浴びもしていないので、羽は脂と土ぼこりにまみれ、強靭《きょうじん》な翼もぼろぼろだ。悪臭も放ち始めており、それが情けなかった。乾いた泥はこすり落としたが、痺《しび》れるような疲れは体の芯までしみこんでしまっている。

ずっとつけっぱなしの籠手《こて》や脛当《すねあ》てが重かった。

慣れ親しんだ六尺棒を、今は投げ出したくてたまらない。

飛黒ですらそうなのだから、若い烏天狗達の不満や疲労はいかばかりか。

それでも誰も文句一つこぼさないのは、何も、これが役目だからではない。紅珠を脱獄させたのが、自分達と同じ烏天狗であったからだ。

風丸《かぜまる》。

少々内気だが、まじめな性格で、牢番の役目もしっかりと務めていた。飛黒も、見どころのある若者だと、高く買っていたのだ。

それが道を踏み外した。牢番でありながら、こともあろうに女囚である紅珠に惚れ、牢から連れ出してしまったのだ。

風丸は紅珠に殺されてしまったが、その罪が消えたわけではない。結束の固い烏天狗達にとって、同族から罪人を出してしまったことはこのうえもない恥であった。その恥を少しでも清めたいと、疲れた体に鞭打って、紅珠を捜し続けているのだ。

ことに飛黒の心中は複雑だった。

目をかけていただけに、風丸に裏切られたという気持ちは強い。「なんてことをしてくれた」と、腹の底から怒りがこみあげてくる。

だが、哀れなやつとも思うのだ。

紅珠に利用し尽くされ、挙句《あげく》の果てに殺され、その骸《むくろ》までぼろ布のごとく扱われた風丸。

紅珠は、一度くらいは風丸に微笑《ほほえ》んでやったのだろうか？　あの若者の献身に、わずかなりとも報《むく》いてやったのだろうか？

そんなことをずるずると考えていると、声をかけられた。

「お頭」

「む？」

振り向けば、若い烏天狗が横にいた。

「大丈夫ですか？」

「いや、なんでもない。少し考え事をしていただけだ。なんだ？」

「兵糧丸《ひょうろうがん》です。どうぞ」

「ん。すまんな」

差し出された袋から、飛黒は兵糧丸をつまみあげた。

正直、またこれかと、ため息が出た。

このところずっと、兵糧丸しか口にしていなかった。梅ぼしほどの大きさに丸めてある霊薬の一種で、一粒飲めば、たちまち腹は満たされる。が、味気ないし、口寂しい。

「この捜索が終わったら、当分は兵糧丸は見たくないいな」

つぶやきながら、兵糧丸を口に入れ、ごくりと飲みくだした。

他の烏天狗達も、うんざりした様子で飲みこんでいく。

ふと、誰かがこんなつぶやきをこぼした。

「味噌汁が飲みたいな」

兵糧丸を飲んだことで、皆、少し元気になったのだろう。ぽそぽそとしゃべりだした。

「いいな。それに餅も食いたい」

「俺はそばがいい。卵を落としたやつ」

「ねぎと天かすも、たっぷりとのせてな」

「やっぱり飯だろう。炊き立てのやつをかきこみたいな」

「焼きにぎりもいいな」

思わず飛黒も食べたい物を思い浮かべた。

色々あるが、この前、妻の萩乃《はぎの》がこしらえてくれた薬膳鍋はじつに美味かった。今あれを食べられるなら、何を差し出しても惜しくはない。

というよりも、妻子の顔を見たくてたまらなかった。萩乃、それに双子の息子、右京《うきょう》と左京《さきょう》。三人とも元気だろうか。最近急に暑くなってきているが、体を壊してはいないだろうか。

恋しさに胸がきりきりと痛んだ。

家族と笑い合い、語り合う。

そんな当たり前の幸せが、今は許されない。風呂に入れないことよりも、ぐっすり眠れないことよりも、それがなによりつらかった。

少々恨めしい気持ちで、飛黒は食べ物の話で盛りあがっている若者達をながめた。彼らがあんなことを言いださなければ、妻子のことを思い出さずにすんだものを。

だが、そう思ったのは飛黒だけではなかったようだ。年長の烏天狗がくわっと怒鳴ったのだ。

「いい加減にしろ！　いくらわめいたって、食いたいものが出てくるわけじゃなし。余計につらくなるだろうが！」

しゅんと、火が消えるようにその場が静かになった。騒いでいた烏天狗達は目を伏せ、ふたたびうなだれる。

飛黒は、しっかりしろと、檄《げき》を飛ばそうかと思った。が、そうするかわりに、若者達のほうに飛んでいき、一人に声をかけた。

「嵐丸《あらしまる》、この前の茶会で夏鷺谷《なつさぎだに》の娘御と知り合ったそうだな？　あれからどうなった？　脈はありそうなのか？」

「うは、は、はい！」

飛黒からの突然の問いに、嵐丸は飛びあがり、あやうく枝から落ちかけた。黒い羽毛で覆われていなかったら、その顔は真っ赤になっていたことだろう。

「そ、それが……な、なかなか話が合いまして……うぅ、その、あちらも、その、俺のことを好もしく思ってくれているような……」

「それはよかったではないか」

「……それが、そうでもないのです」

嵐丸は情けない顔をした。

「あのあと、二人で物見遊山《ものみゆさん》に行こうと、誘いをかけたのです」

「ほほう。やるではないか」

「でも、どこへ行くか、な、なかなか決められず、そうこうしているうちに脱獄の騒ぎが起きてしまいまして……」

「……つまり、こちらから誘ったというのに、まだどこにも行っていないと」

「ふ、文は送っています！　短いけれど、夜に書いて、夜風に託して」

「返事は来るのか？」

「来ます。けれど、なんとなくそっけなくなっている気がするんです。最初の頃は、大変ですねとか、体に気をつけてとか、優しいことを書いてきてくれたのに」

「……まさか、おまえ、今日はこんなつらいことがあったとか、今日はこんなひどい目にあって疲れたとか、愚痴《ぐち》めいたことを書いたのではあるまいな？」

「…………」

「相手のことをきちんと気づかえぬのなら、愛想を尽かされてもしかたないぞ」

「そ、そんな！」

ぶわっと、嵐丸の目に涙があふれた。

「わ、わからないんですよ！　俺、若い娘さんと話したこともなかったから！　どうしたらいいか、てんでわからないんです！」

どうしたものでしょうと、嵐丸はすがりつかんばかりの態《てい》だ。他の烏天狗も、同様の悩みがあるのか、食い入るようにこちらを見つめてくる。

「お頭だったら、ど、どんなことを文に書きますか？」

「わしか？　そうだな。わしだったら、まず相手のことをいつも気づかうようにする。元気にしているかとか、この暑さで弱ったりはしていないかとか。好物を聞くのも一つだな。好きな果物を聞き出し、そういうことなら今度たくさん持っていくから、一緒に食べようと誘うとかな」

萩乃を思い浮かべながら、飛黒はすらすらと言った。

おおおっと、小さなどよめきが起きた。中にはちゃっかり紙に書きつけている烏天狗さえいる。

だが、嵐丸はますます落ちこんだ様子を見せた。

「だ、だめです。俺はそんな……お頭みたいにはできっこないですよ」

うなだれる嵐丸の肩を、飛黒は優しく叩いた。

「そう難しく考えるな。何も無理をしろとは言ってない。ただ、相手を大事に想っているということだけは、ちゃんと伝えるとよいぞ。それだけでよい。それを物足らぬと思う女子とは、残念ながら縁がなかったと、あきらめればいいだけのことだ」

「お、俺は緋菜《ひな》殿をあきらめたくないです！」

「それなら、その気持ちを素直に文に書くことだ。今は役目に徹させていただくが、これが終わったら一番に会いに行きますと。あなたをなおざりにするつもりも、この縁をあきらめるつもりもないと」

「な、なるほど」

「そうだな。この役目が終わったら、その緋菜殿を青姫川《あおひめがわ》のほとりに連れていってやるといい。もうじき、鬼蛍《おにぼたる》の時季だ。まるで天空の星が地上に落ちてきたように見えるぞ。女子が喜ぶこと、請け合いだ」

「ほ、本当ですか？」

「そうとも。わしは一度、付き合っていた女子を怒らせてしまったことがあってな。いやもう、何日も口をきいてもらえず、困り果てた。それで、なんとか機嫌を直してもらいたいと、蛍を見に連れ出したのよ」

　実際のところは少し違う。飛黒が怒らせたのではなく、相手が勝手に落ちこんでしまったのだ。

「押しかけ女房になりにまいりました」と、いきなり家に居ついたものの、華蛇族《かだぞく》の萩乃は家事の類《たぐい》は何もできなかった。歌や琴の腕前は見事でも、飯の炊き方一つ知らず、風呂をわかすこともわからない。そんな自分にひどく落ちこみ、口もきかなければ食事もとらなくなってしまったのだ。

あの時は焦ったなと、懐かしく思い出している飛黒に、嵐丸が食いつくように声をかけた。

「そ、それで？　どうなりました？」

「うむ。無数の蛍に、相手はたいそう喜んでな。機嫌もすっかり直ったようで、にこりと笑ってくれたのだ。それがあまりにきれいだったものだから、わしは思わず口走ってしまった。この先もずっと、毎年一緒にこの蛍を見に行ってほしいと。そうして、女房殿を手に入れたわけだ」

「おおおおっ！」

さっきよりも大きなどよめきが起きた。もはや烏天狗達の目はらんらんと光り輝いている。

だから、と飛黒は一人一人の顔を見まわした。

「とっととお役目を果たしてしまおうぞ。早く紅珠を捕まえなければ、蛍の時季が過ぎてしまう。いつまでも女子を待たせるというのも、男がすたるというものだ。愛想尽かしされぬためにも、ここは気合を入れて罪人を捕まえようぞ」

「も、もちろんです！」

「捕まえてみせます！」

「他には？　他に女子を誘うのに良い場所をご存じで？」

「おお、たくさん知っておるぞ。おまえ達が紅珠を捕まえたら、教えてやってもいい」

「うおおおっ！」

おおいに士気を取り戻した若者達から、飛黒はさっと飛び離れ、もとの枝に戻った。そこには妻子持ちの烏天狗がいて、苦笑いをしていた。

「うまくおやりなさいましたな、お頭」

「ふふ。だが、本心だ。早く紅珠を捕まえて、家に戻りたいものよ」

「まったくですな」

「明日は早い。おまえももう寝ておけ」

「そうしますよ。お頭もお休みください」

だが、飛黒はなかなか寝付けなかった。体は疲れ切っているというのに、紅珠や風丸のことが次々と浮かんできて、心がざわめいてしまう。

月夜公はどうしているだろうと、ふと思った。

恐らく、月夜公も眠れぬ夜を過ごしているはずだ。紅珠は他ならぬ月夜公の血族だ。祖を同じとする者が、自分に歪《ゆが》んだ想いを寄せ、そのために次々と罪を犯している。誇り高い月夜公にとっては、耐えがたい苦しみのはずだ。

その心中をおもんぱかり、おいたわしいと、飛黒は胸を痛めた。

同時に昔のことを思い出した。

月夜公が妖怪奉行の任に就いたばかりの頃、飛黒は今ほど月夜公に心服してはいなかった。むしろ反感のほうが強かった。

力ばかりが強い、生意気な若造。

それが率直な感想だった。

大きな山場や事件の時には、際立った采配《さいはい》を見せるが、普段は身勝手な言動が多すぎる。何を考えているのかわからず、いきなり行動に移すものだから、周りはついていけず、戸惑うばかり。奉行の任に就いたのも、宿敵の大妖を見つけ出すためと、陰でささやかれていた。

実際、月夜公は白嵐を見つけ出すことを最優先事項に定め、月に三度は全ての烏天狗達を捜索に向かわせるようになった。

これには飛黒も腹が立った。

奉行たるもの、力なきもの達の嘆きや訴えに寄り添うべきだ。自分の恨みを晴らすために、烏天狗達を駆り出すなど、もってのほかだ。

他の烏天狗達も怒り、表面上は月夜公に従うと見せかけ、白嵐捜しには手を抜いた。思いどおりにならぬ配下達に、月夜公はますます尖っていき、少しのことでも爆発するようになった。

そうして月夜公と烏天狗達の間にできた裂け目は、日に日に深くなっていったのだ。

これ以上、月夜公を長としては支えられない。妖怪奉行にはふさわしくない。

あやかしを束ねる五人の大老にそう申し出ようと、飛黒は考えるようになった。

そんな時、ことは起きた。月夜公の姉が産褥《さんじょく》で亡くなり、その直後、行方をくらませていた白嵐が月夜公を襲撃したのだ。

知らせを聞いて、飛黒は慌てて月夜公の屋敷へと駆けつけた。そこには、顔半分を血に染めた月夜公が立っていた。

「お、お怪我をされたので？」

「たいしたことはない」

心配する飛黒に、月夜公は凍えるような冷たい声で答えた。

「白嵐を召し捕れたのじゃ。小さな代償と言えよう」

「手当てを……」

「かまうな」

突き放され、飛黒はむっとした。もう二度と心配などしてやるものか。心に決めながら、周りを見た。

「白嵐は？　奉行所に送られたのでございまするか？」

「いや、人界に叩き落としてやったわ」

「えっ？」

「もう二度と妖界に戻ることはあるまい。なにしろ、やつの目をえぐりとってやったからの。一眼魔獣《いちがんまじゅう》の悪行もこれまでよ」

そう言う月夜公の右手には、確かに銀色の大きな玉が握られていた。

だが、飛黒はそれには目を向けなかった。月夜公の顔をまじまじと見つめた。

「勝手に、お裁きを？　付添いの烏天狗もいない場で？」

「それがどうしたというのじゃ？」

月夜公は口の端を吊りあげ、凄絶な笑いを浮かべながら言った。

「吾《われ》は奉行であろう? 吾がいる場所が、裁きの場じゃ。烏天狗風情が吾のなすことに一々くちばしを突っこむでないわ」

目障りだ。去《い》ね。

顎でしゃくられ、飛黒は目を閉じた。

もうだめだと思った。

このあやかしは奉行失格だ。いくら憎い相手とはいえ、勝手に裁きを下し、それを恥じる様子も見せない。もう我慢ならない。大老達に話をつけに行こう。どうしても月夜公を解任できないとあれば、その時は自分が奉行所を去ればいい。

飛黒はそれから数日かけて、烏天狗達から話を聞いて回り、月夜公への不満や苦情を書状にしたためた。

だが、ようやく書状がまとまった日、妖界中に激震が走った。

月夜公の両親が殺されたのだ。殺したのは、紅珠という月夜公と同じ王妖狐《おうようこ》族《ぞく》の女だという。

二度と心配などすまいと決心したことも忘れて、飛黒はふたたび月夜公の屋敷へと飛んだ。

座敷は血の海であった。すでに亡骸《なきがら》は運び出されたあとであったが、下手人らしき女は縛られたままそこにいた。

血にまみれていても、なんとも艶《あで》やかな女だった。月夜公と並べば、似合いの一対になりそうなほどの美貌。月夜公をひたと見つめる紅い目には、熱い情念が燃え盛っている。

「おぞましい女じゃ……」

月夜公のつぶやきに、飛黒は思わずうなずきそうになった。

ふてぶてしいと言うにはあまりにも自然な態で、女はそこにいた。月夜公の父と母の血に濡れたままの姿で、なぜ平然と月夜公を見つめられるのか。なぜ、このような場でにっこりと微笑んでいられるのか。

飛黒には理解できなかった。理解したくもなかった。

と、月夜公が飛黒を振り返ってきた。顔の右側には、白嵐の残した傷がいまだに赤く生生しく残っている。だが、飛黒をおののかせたのは、その目だった。そこに宿るものをなんと呼んだらいいのか、飛黒にはわからなかった。

抑揚《よくよう》のない声で月夜公は言った。

「吾はこの女を……氷結の刑に処そうと思う」

「死罪が妥当ではございませぬか？　二人も殺した極悪人でございまするぞ？」

「命を絶てばそれで終わりじゃ。このような女は……氷漬けとなって、ずっと屈辱を味わえばよい」

処罰としては手ぬるいが、身内を庇《かば》ってのことではなく、より責め苦を与えようというもの。

間違ってはいないと、飛黒は判断した。だから、「御意」と、うなずいたのだ。

そうして紅珠は月夜公の術によって青い氷の中に閉じこめられた。美しく嬉しげに微笑んだまま刑を受けた女に、飛黒は心底ぞっとした。

一刻も早く、これを目の前から消し去りたい。

飛黒は烏天狗達に命じて、紅珠を閉じこめた氷を氷牢へと運ばせた。

そのあと、ふと気づけば、月夜公の姿がなかった。

また何も言わずにどこかに行ってしまったか。紅珠の罪状と処罰を書きつけた書状に、月夜公の印がいるというのに。

苛立ちながら、飛黒は屋敷の中を捜した。

月夜公はすぐに見つかった。廊下に足を投げ出すようにして座り、中庭を見ていたのだ。

「月夜公……」

呼びかけたところ、月夜公はこちらを振り向いてきた。だが、その目は虚《うつ》ろで、何も映してはいなかった。

「吾は一人なのじゃな」

そうつぶやく顔は、途方に暮れた幼子のように痛々しかった。

この方はごくわずかな間に、姉と父と母を失ったのだ。

ふいに、飛黒の胸に哀れみがいっぱいにあふれた。

「何をおっしゃいまする」

気づいた時には、月夜公の手を取っていた。

「まだ津弓君がいらっしゃいまする。妖気《ようき》違《たが》えの御子と聞いております。叔父のあなた様が守らねば、誰がその御子を守るのでございまするか！」

「津弓……」

「それに、おそばには我らもおりまする。我らが力になりまする！」

そう口走ったあとで、飛黒はしまったと思った。

誇り高い月夜公のことだ。こんな無礼は許さぬと、激怒するに違いない。最悪、太刀を抜かれるかもしれないと、飛黒は思わず身構えた。

だが、そうはならなかった。

てっきり振りほどかれると思われた手を、月夜公はおずおずと握り返してきたのだ。

「……頼りにしてもよいのか？」

「頼りにしてくださいませ」

しっかと月夜公の手を握りしめながら、飛黒は力強くうなずいた。ただしと、付け加えることも忘れなかった。

「白嵐の時のような勝手なお裁きは、二度としないでいただきとうございまする。必ず、烏天狗の誰かを同席させてくださりませ」

「わかった。……では、吾のそばから離れるな」

以来、飛黒は腹心の部下として月夜公に仕えるようになった。

月夜公も変わった。自分の弱さをさらけ出したことで、気が楽になったのだろう。飛黒にだけは本心を打ち明けるようになった。

飛黒はそこから月夜公の考えを読み解き、逐一烏天狗達に伝えた。また烏天狗の考えや不服も月夜公に伝え、円滑に物事が運ぶように心を砕いた。

その甲斐あって、今では月夜公と烏天狗達は互いを信頼し合い、一つとなって動けるようになっている。

紅珠の一件がなかったら、どうなっていただろう？　月夜公の傲慢《ごうまん》さの下に隠された、子供のような不器用さに、いまだに気づかずにいただろうか？

そんなことを思わぬでもないが、もちろん紅珠に感謝するつもりは毛頭ない。

あの女は、月夜公から様々なものを奪ってきた。これ以上何一つ奪わせたくない。奪わせてなるものか。

早く見つけなければと思いながら、飛黒はようやくまどろみの中へと入っていった。

四

　さて、太鼓《たいこ》長屋の弥助はというと、化けあざみの子を預かってからしばらくの間は、平和に過ごしていた。

　やってくる妖怪達も顔なじみが多かった。子を預けに来るというより、弥助を心配して顔を見にやってくるのだ。

「なんじゃ。意外と元気そうじゃな、弥助」

「性悪妖怪に目をつけられたと聞いて、冷や冷やしたよぉ」

「早く捕まるといいよねぇ。あ、これ、差し入れの笹団子だよ。食べておくれな」

「弥助ぇ、おいら、ようやっと牙がはえてきたんだよ。見て見てぇ」

　彼らに囲まれ、にぎやかな笑い声に包まれることが、弥助はありがたかった。狙われているという恐れを忘れられるからだ。

　そして、梅雨《つゆ》も明け、いよいよ夏が始まろうかという頃のこと。子を預かってほしいと、見慣れぬ妖怪が太鼓長屋を訪れた。

その妖怪は、じつに奇妙な姿をしていた。体は丸く平たく、大きさは畳一帖分はありそうだ。表が鏡で、裏が古《いにしえ》の絵文字を掘りこんだ銅版となっている。その丸い体に細い手足がにゅっとはえている。頭はない。顔は、鏡の中に浮かんでいるのだ。ひげをはやした翁《おきな》の顔だった。

鏡の妖怪は、少し焦った様子で名乗った。

「わしゃ鏡妖怪の長《おさ》、雲外鏡《うんがいきょう》じゃ。じつは、女房がちょいと実家に帰っておっての。その間、孫息子のことを頼まれたんじゃが、なかなか世話が行き届かず、うっかり錆《さ》びつかせてしまったのじゃ。これを見たら、女房に怒られる。明日の夜まで預けるゆえ、それまでになんとかしてくれ」

そう言って、雲外鏡は後ろにいた孫を弥助に見せた。

孫は、雲外鏡にそっくりだったが、大きさは手鏡ほど。曇った鏡の中には、四歳ほどの男の子の顔が浮かんでいるが、顔色は青ざめている。見れば、裏側は緑青《ろくしょう》色の錆《さび》に覆われていた。

「こりゃひどいね。でも、なんとかしろって、どうすりゃいいの?」

「油をしみこませた布で磨《みが》いてやってくれ。錆落としは、人の手でやってもらうのが一番具合がいいのじゃ。では、頼んだぞ」

雲外鏡は慌ただしく立ち去った。

ぽつんと残された小さな鏡妖怪を、弥助はそっと持ち上げ、家の中に持って入った。ざりっと、砂をまぶしてあるかのような感触がした。

子妖を畳の上に置き、自分の手を見ると、手のひらには青い錆のかけらがびっしりとついていた。ちょっと触っただけで、このありさまとは。

このまま錆が浸食していけば、鏡面のほうも無害とはいかないだろう。早く落としてやらなくてはと、弥助は長持を開け、しまっておいた丁子油《ちょうじあぶら》を取り出した。さびなめの子を預かった時に、使ったものだ。ずいぶん前のものだが、香りはかすかに残っている。

これが使えるだろうと、さっそく布にしみこませた。

「待ってな。すぐにきれいにしてやるからな」

「…………」

知らないところに預けられたのが不安なのか、子妖はくすんだ鏡面の中で消え入りそうな心細げな顔をしている。それでも弥助が名を尋ねると、「胡雲《こくも》」と名乗った。

「へえ。なんか雅《みやび》な名前だなぁ。じゃ、胡雲。今からおまえの背中を磨いていくから。痛かったりしたら、遠慮なくすぐに言うんだぞ?」

「……うん」

「よし。えっと、ここでやると、粉が飛び散るかな。土間におりてやるか」

弥助は胡雲を土間におろし、布でそっと拭き始めた。ざりざりと、まるで粉のように錆びたところが剝がれ落ちる。

「大丈夫か？　痛くないかい？」

「平気。……気持ちいい」

「そっか。じゃ、もう少し強めにこすってみてもいいかい？」

「うん……」

こすればこするほど、錆はどんどん落ちていく。その粉はふわふわと舞い上がり、弥助は何度もくしゃみをする羽目になった。

それでも手は休めなかった。錆を落としたところから、本来の美しい銅色がのぞき始めたからだ。これを見ると、もっときれいにしてやりたいと、やる気が満ちてくる。

胡雲も心地よいのだろう。だんだんと、顔つきが明るくなってきた。

「それにしても、どうしてこんなに錆びちゃったんだ？」

「おじいに、怒られた……」

「怒られた？　ははあ、何か悪さとかしたんだな？」

「してない！」

弥助がびっくりするほどの激しさで、胡雲は言い返した。

「吾《われ》はなんにもしてないよ！　してないのに……ほんとにいきなり怒ったの。目がいきなり赤くなって、この糞餓鬼《くそがき》とか、い、いつもなら絶対言わないような悪い言葉をいっぱい言って、そして……吾を捕まえて、し、塩水を張った水甕《みずがめ》の中に投げこんだの。甕には近づくなって、おじいはいつも口を酸っぱくして言ってるのに」

そのあと、雲外鏡は我に返ったかのように、大慌てで孫を甕から出して、体を拭いたという。それでも間に合わず、胡雲の体はみるみる錆びていったのだ。

あまりの話に、弥助は思わず手を止めた。

「……おまえ、それを他の誰かに言ったかい？」

「ううん。言ってない」

「……言ったほうがいいぞ。そうだな。雲外鏡は女房に頭があがらないみたいだったな。うん、そうだよ。おまえ、ばあさまに打ち明けろよ」

「怖い……おじい、もっと怒るかも」

「じいさんがいくら怒ったって、かまうもんか。孫をこんな目にあわせるなんて、信じられない。大丈夫だよ。この話を聞けば、おまえのばあさまは雲外鏡よりももっともっと怒ってじいさんを叱ってくれるからさ」

それはそれで嫌だと、胡雲は目に涙をためた。

「おじいはほんとは優しいの。吾、おじいのことが好き。おばあにおじいが怒られるのは見たくないよぉ」

「そうは言っても、これは絶対に黙ってちゃだめなことだって」

弥助がいくら説得しても、胡雲は頑として嫌がった。大好きな祖父を庇《かば》おうと、必死な様子だ。

その姿は健気ではあったが、もう弥助は心を決めていた。

何があろうと、雲外鏡には胡雲は渡すまい。他の身内が迎えに来るまで、うちで預かり、守ってやらねば。

鋳を落とし終え、胡雲を寝かしつけたあと、弥助は自分の決意を千弥に告げた。すると、それがいいと、珍しく千弥も賛同した。

「孫に理由もなくそんなことをするやつは、信用できない。ということは、弥助が相手をするのも危険だということだ。次にやつがやってきたら、私が出るよ。大丈夫。ここの敷居は絶対にまたがせないからね」

その言葉どおり、翌日の夜、千弥は孫を迎えに来た雲外鏡を手厳しくはねのけた。

戸口も開けぬまま、「帰れ」とそっけなく言う千弥に、雲外鏡は驚いたようだ。

「か、帰れとはどういうことじゃ？　わしじゃぞ？　雲外鏡ぞ？　かわいい孫を引き取りに来たあやかしを、追い返すつもりか！」

「そのかわいい孫に、おまえは何をした？」

「な、何をとは？」

「とぼけるのはおよし。もう全部聞いたよ。いきなり怒鳴りつけたあげく、塩水入りの甕に投げこんだというじゃないか」

「そ、それは……」

雲外鏡はあきらかに動揺したようだ。甲高く裏返った声で叫び返してきた。

「信じてくれ。あれは……わしがしたことではなかった！　わしはそんなつもりは……かわいい孫なんじゃ！　なのに、あの時は、一瞬だけ気を失ったようになって、わけがわからなくなって……もう二度とあんなことはせん！　信じてくれ！」

「悪いが無理だね」

「そんな……。胡雲！　わしじゃ！　おじいじゃ。そこにおるのか？　すまんかった！　わしが悪かった！　許して、出てきておくれ！」

「おじい！」

出て行こうとする胡雲を、弥助は懐《ふところ》に抱え、しっかりと腕を回して、逃がさなかった。かわいそうだが、今は行かせるわけにはいかないのだ。

千弥はいっそう声を冷たくして言った。

「こちらの条件は一つ、おまえの女房に孫を迎えに来させることだ」

「わ、わしの女房に？」

「そうだ。胡雲に何をしたのか、まだ話していないのだろう？　きっちり訳を話せ。その上で、迎えに来させろ。おまえの女房以外には、この子は誰にも渡さない。話はここまでだ」

「ま、待ってくれ！」

「……あまり、ここで騒ぐと、見張りについている烏天狗《からすてんぐ》達が事情を聞きに来るよ？　鏡妖怪の長として、醜聞《しゅうぶん》が広まるのは避けたいだろう？」

さっさと帰れと、突き放されたあとも、雲外鏡は未練がましくすすり泣いていた。だが、泣いてもわめいても戸は開かず、強固な結界ゆえに踏みこむこともかなわない。

敗北を悟ったかのように、雲外鏡の気配が消えた。

「ひどい。おじいがかわいそう。かわいそうだよぉ」

目を真っ赤にし、胡雲は弥助を睨《にら》んできた。怒っているし、悲しんでもいる。

胸が痛みはしたが、弥助は胡雲をまっすぐ見返した。

「ごめんとは言わないよ。おまえを悲しがらせて悪いとは思うけど。でも、こうするのが一番なんだ。おまえのためなんだよ」

「知らない！　弥助なんて嫌い！」

うわああっと、胡雲は泣きながら戸口に向かって走りだした。弥助は急いで捕まえ、なだめようとしたが、胡雲はじたばたと暴れるばかり。

このままでは埒《らち》があかないと、結局長持へと閉じこめるしかなかった。

そのあとで、弥助はどっと疲れに襲われた。

「……俺、悪いことしたのかな？」

「そんなことはない。弥助のすることに間違いなんて、あるわけないじゃないか」

「あはは……」

力なく笑いながら、弥助は水を飲もうと、土間に置いてある水甕へと近づいた。

と、戸が叩かれた。

弥助はぎくりとした。

「……また来たのかな？」

「しつこいやつだ」

白い秀麗《しゅうれい》な顔に怒りを浮かべ、千弥は土間におりた。だが、千弥が何か怒鳴るより先に、戸の向こうから女の声が聞こえてきた。

「もし。あのぅ、玉雪《たまゆき》でございます」

「あ、なんだ。玉雪さんかぁ」

弥助はほっと肩の力を抜いた。

玉雪は、兎《うさぎ》の女妖で、夜はたびたびここに来て、子預かり屋を手伝ってくれる。弥助にとっては、優しい姉のような存在だ。

すぐに戸を開けてやろうと、弥助は心張棒《しんばりぼう》に手を伸ばした。が、その手を千弥がぎゅっとつかんで、引き止めた。

「お待ち、弥助」

「え、だって、玉雪さんだよ？」

「本物かどうか、まだわからないだろう？」

ここは私にまかせておおきと言い、千弥は戸に向き合った。

「おまえが玉雪だというなら、合言葉をお言い」

なんだそりゃと、弥助は目を剝いた。

ところが、戸の向こうの玉雪は、よどみなく答えたのだ。

「この世で一番かわいいのは弥助さん」

「よし」

初めて満足そうな顔つきとなり、千弥は戸を開けた。

その向こうには、玉雪が立っていた。ころりと丸っこい小柄な女の姿で、頭の後ろに黒兎の面をつけ、白と紫の藤模様の黒い着物を着ている。

「こんばんは、千弥様。弥助さんも」

嬉しそうに顔をほころばせながら、玉雪は中に入ってきた。

弥助はあきれながら言った。

「いつの間に合言葉なんて決めたの？」

「紅珠がおまえに目をつけた時からだよ。こういう小さな用心が大事だと思ってね」

「あたくしも、あのぅ、そう思います」

真剣にうなずく玉雪に、きゅっと、弥助は胸がしめつけられた。

前回、紅珠が来襲した時、玉雪は弥助を庇って大怪我をしたのだ。あの時流れた血の鮮やかさ、生々しい臭いは今も弥助の中にしみついている。なにより、あれが起きたのはひと月前にも満たないのだ。

弥助はそっと玉雪の手を取った。

「弥助さん？」

「……あの時の傷は？　もう大丈夫なのかい？」

「あい。もうすっかり癒えました」

玉雪はふっくらと笑った。

「月夜公様が術で癒してくださいましたし、念のため、あのぅ、河童《かっぱ》の薬もいっぱい塗りましたから。それより、着物の修繕のほうが大変でした」

「あ、そう言えば、その着物……」

引き裂かれ、血をたっぷり吸いこんだはずの玉雪の着物は、まるでおろしたてのようにきれいになっている。

「よく直せたね」

「あい。がんばりました。せっかく久蔵《きゅうぞう》さんにいただいたものなので、あのぅ、なんとかしたいなと思いまして」

血のしみ抜きをして、引き裂かれた箇所をていねいにていねいに繕《つくろ》って。それに手間がかかり、これまで来られなかったのだと、玉雪は話した。

「そうだったんだ。……心配したよ。もしかして、傷が膿《う》んだりしてるんじゃないかって。……俺のせいで死んじゃったらどうしようって」

弥助の頭の中には、失ってしまった人達の顔が浮かんでいた。

自分を救うために、命を投げ出してくれた母。

そして、魔に取り憑かれ、苦しんでいた少女おあき。

二人とも雫《しずく》のように弥助の手からこぼれ落ちていった。その寂しさ、悔しさは、いまだにちりちりと痛みをもたらす。この上、玉雪まで失ってしまっていたら、どうなっていただろう？

「弥助さん」

玉雪は弥助に笑いかけた。

「弥助さんを守れるなら、あのぅ、何度だって同じことをいたしますよ。あたくしは、弥助さんのことが大好きなんでございますから」

「言っとくが、私のほうが弥助を大事に想っているからね」

玉雪に嫉妬したのか、つんけんした声で千弥が口をはさんだ。

「紅珠がやってきた時に、私がいれば、絶対に玉雪の出る幕なんてなかったよ。ほら、玉雪。上がるなら、さっさとお上がり。弥助。水を飲むんじゃなかったのかい？」

「あ、そうだった」

水を飲もうとしていたことを思い出し、弥助はふたたび水甕に向かった。そうして甕の蓋を取り、中の水をひしゃくですくいとろうとした時だ。

ぼおっと、青白い鬼火のように水が光り、水面に翁の顔が浮かびあがった。

雲外鏡！

だが、弥助がのけぞるよりも先に水が弾け、細くも強靭《きょうじん》な手が弥助の腕をつかんできた。なすすべもなく、少年は一瞬で水甕の中に引っ張りこまれた。

雲外鏡の細い手足ではがいじめにされながら、弥助は暗い水の中に沈んでいった。どんどん、落ちるように沈んでいくのに、いっこうに底につかない。暴れる手足が甕の内部にぶつかることもない。

おかしい。ここは水甕の中ではないのか？　こんなに深くて、暗いなんて、ありえない。首に回された腕を必死ではずそうとしながらも、弥助は頭のどこかでそんなことを思っていた。

と、雲外鏡がけたけたと笑い声をあげてきた。

「わしら鏡のあやかしにとって、鏡という鏡は門と同じよ！　鏡のあるところなら、どこへでも行ける！　どこにでも道を作れる！」

「ぐぶっ！」

「そして、水は鏡にもなる。ひゃひゃひゃひゃっ！　さあ、返せ！　孫を返せ！　さもなくば、死ね！　死んでしまえ、小僧！　ひゃひゃっ！」

気味悪く哄笑《こうしょう》する雲外鏡の鏡面に、弥助は肘を打ちこんだ。ぴしっと、小さなひびが入り、うひゃあっと、雲外鏡が悲鳴をあげた。

体に回された手足がゆるむのを感じ、弥助はすかさずもがいて、ついに雲外鏡から逃れることができた。

だが、すでに息が苦しかった。耳鳴りがして、胸が痛い。

なんとか上を目指そうと、水をかこうとしたところで、我慢していた呼吸が限界に達した。

いったん口を開けると、ごぼごぼと、泡があふれた。出たものを取り戻そうと、反射的に息を吸ってしまい、たちまち、冷たい水が一気に体の中に入ってきた。

千にい！

溺死しかけている弥助の前に、ふわりと、雲外鏡がやってきた。丸い鏡面の中で、翁の顔が笑っていた。もともとは品の良い顔立ちが、悪鬼のように歪《ゆが》んでいる。

特に目がすさまじかった。

赤く燃えている。普通の赤ではない。紅玉《こうぎょく》や血赤珊瑚《ちあかさんご》にも劣らぬ深紅だ。

その色に、弥助は突然、別のあやかしを思い出した。

紅珠。

あの女妖も、今の雲外鏡と同じ目の色をしていた。同じように、憎悪と執念を燃やしていた。

ごぼり……。

ここで最後の泡が口からもれ、弥助は暗闇にとらわれた。

その暗闇の中にどれほどいたのかはわからない。

だが、次第に音が聞こえてきた。

誰かの小さな悲鳴。

「このこのこのっ！」という唸り声と、どか、ばすという何かを叩きつけるような不穏な音。

続いて声も聞こえた。

「そのぐらいになさったほうがいいですよ、千弥様。そのままじゃ、あのぅ、死んでしまいます」

「かまわない！　こんなやつが生きて、弥助が死んだりしたら……このっ！　このっ！」

「ひ、ひぃぃっ！　お、お許しを。お許しくだされ！」

「誰が許すか！　このっ！」

ぱりんと、何かが割れるような音に、弥助はついに目を開けた。目に入ってきたのは、見慣れた汚い天井と、心配そうにこちらを見下ろす玉雪の顔だった。

「あっ！　き、気づきました！　千弥様、弥助さんが気がつきましたよ！」

「弥助！」

すぐさま千弥が飛んできた。弥助の手を握りしめ、まだ湿っている髪をそっと撫でる。

「大丈夫かい？　弥助、何か言えるかい？」

「せ、千にい……」

「ああ、喉や胸が痛いかい？　ごめんよ。さっき思い切り胸を押したんだよ。飲んだ水を吐かせなくちゃいけなかったから。ああ、でも本当によかった」

「本当に。本当によかったですよぉ」

むせび泣きながら、玉雪も何度もうなずいた。

「水から出てきた時、弥助さんは真っ青でぐったりしてて……い、息も、あのぅ、してなかったんですよ。千弥様が急いで水を吐かせたら、やっと息をし始めて。あ、ああ、ほんとによかった」

「し、心配かけてごめんね。千にいと玉雪さんが助けてくれたの？」

「……いいや」

少し苦い顔をしながら、千弥はかぶりを振った。

「助けたのはあいつだよ」

千弥が指差した先には、狼のように大きな赤犬が、どーんと座っていた。りりしい顔をこちらに向け、ぱたぱたと尾を振っている。

「犬？」

「付喪神《つくもがみ》の朱狛《あかごま》だよ。この前、おまえに土鈴《つちすず》を渡しただろう？　あれの化身だよ」

「えっ？　あれ、付喪神だったの？」

「ああ。十郎《じゅうろう》のところから借りてきたんだよ」

仲人屋《なこうどや》の十郎は、付喪神を扱う男だ。あちこちを旅してまわり、付喪神を見つけては、新たな持ち主を探してやる。人と付喪神との縁を結ぶのが、十郎の生業《なりわい》なのだ。

その十郎に、「用心棒になるような付喪神はいないか？」と、千弥は尋ねたそうだ。

「そうしたら、この朱狛がいいだろうって、渡されたんだよ。寝ぼすけだが、力は確かだと言うから、借りてきたんだけど……。いくらなんでも、寝ぼすけすぎるよ。弥助が死にかけるまで気づかないなんて。もっと早く助けられただろうに」

恨みがましげに千弥に言われ、赤犬は首をすくめた。と、ひゅっとその姿が縮み、あの小さな土鈴となって床に落ちたのだ。

「ふん。都合が悪いと思って、鈴に戻ったか。……今度、十郎に文句を言ってやらなくちゃね」

「いや、あの……こうして俺は助けてもらったわけだし。十郎さんに文句を言うのはやめてほしいなぁ」

「弥助はほんとに優しい子だね。でもね、おまえを助けたのは何も朱狛だけじゃないんだよ」

さらに苦虫を噛み潰したような顔をしながら、千弥は横を指差した。

「おまえを水から出したのは、あいつだよ」

そこには雲外鏡が転がっていた。ぼろぼろで、鏡もあちこちが割れて、はがれ落ちてしまっている。しこたま千弥に殴りつけられたのだと、一目でわかった。

ひびだらけの鏡面に浮かぶ顔も、ぼこぼこに腫れあがっていたが、弥助が自分を見ていることに気づくと、弱々しく笑みを浮かべた。

「おお、弥助殿。無事でよかったの」

「どの口が言うんだい、そんなこと！」

激昂《げきこう》した千弥が立ちあがりかけるのを、弥助は慌てて止めた。

「待って、千にい。は、話をさせて」

「……おまえがそう言うなら」

千弥はしぶしぶながら従った。

弥助は寝ていた布団から身を起こし、雲外鏡に向き直った。ずたぼろで、しおれきった哀れな姿だが、鏡面の中の翁はまともに見えた。その目も、もはや赤くない。

「……雲外鏡、俺を殺そうとしたのを覚えてるかい？」

「……………」

「なのに、俺を助けたんだって？　どうして？」

わからぬと、力のない声で雲外鏡は答えた。

「わ、わからぬのだ。わしは、わしは夢を見ていたのじゃ。自分ではない誰かになった夢を。そやつはとても楽しそうに弥助殿をなぶっていた。じゃが、突然赤犬が現れ、そやつの腕を噛むと、わしの腕にも痛みが走った。そこで目が覚めた。そうしたら、目の前には本当に弥助殿がいた。溺れかけて死にかけて」

だから慌てて弥助を抱え、水から出たのだと、雲外鏡は言った。

「信じておくれ。殺す気などなかったのじゃ。孫を返してもらえず、確かに腹は立てていた。じゃが、弥助殿を殺すなど、ありえぬ。し、信じてくれ」

必死に言い募る雲外鏡に、千弥は「誰が信じるか」と毒づいた。

「弥助。もういいだろう？　こいつは烏天狗どもに引き渡すよ。妖怪奉行所でたっぷりお灸をすえられればいい。玉雪、外で見張りをしている烏天狗を呼んでおくれ」

ふくよかな顔をこわばらせ、玉雪はうなずいた。弥助を害されたことを、こちらも怒っているようだ。

だが、出て行こうとする玉雪を、弥助は呼びとめた。

「待ってよ、玉雪さん。千にいも待って。呼びに行くなら、烏天狗じゃだめだ。呪いや術を解けるやつじゃないと」

「何を言っているんだい？」

「……雲外鏡はたぶん、術をかけられてる。紅珠に」

しんとその場が静まり返った。

千弥や玉雪だけでなく、雲外鏡も絶句している中、弥助は言葉を続けた。

「俺、見たんだ。俺に襲いかかってきた時、雲外鏡の目は真っ赤だった。紅珠とそっくりの目の色になっていたんだ」

「………」

「胡雲に乱暴したのも、紅珠に操られていたせいだと思うな。その時も、目が赤くなっていたって、胡雲が言っていたから」

「こ、紅珠というのは、確か、脱獄した女妖であろう？　そんな輩《やから》に、このわしが術をかけられるなど。あ、ありえん。そんな覚えはない」

動揺している雲外鏡に、千弥がそっけなく言った。

「馬鹿だね。術をかけられたものが、それを覚えているはずがないだろう？　それとも、孫や弥助を傷つけたのは、やっぱり自分の意志でやったことだと言うつもりかい？」

「いや、それは……」

黙る雲外鏡にはもはや見向きもせず、千弥は玉雪に言った。

「玉雪。妖怪奉行所に使いに行っておくれ」

「千にい！」

「早とちりをするんじゃないよ、弥助。雲外鏡を突き出すつもりはない。月夜公にこのことを知らせ、こっちに来てもらうのさ」

「月夜公に？」

「ああ。あいつは妖術に詳しいからね。これがもし紅珠の仕業なら、同じ王妖狐《おうようこ》として、すぐにわかるだろう」

「あ、なるほど」

「それに、あいつは術を解くのも得意だ。雲外鏡にかけられた術を解けば、紅珠の手がかりをつかめるかもしれない。そう言えば、勇んで来るだろう。ということで、頼んだよ、玉雪」

「あ、あい」

玉雪が消えたあと、千弥は雲外鏡に静かに言った。

「術が解ければ、孫は返すよ。一緒に家に帰ればいい。……もう二度と、誰も傷つけないとわかれば、おまえ自身、安心だろう？」

「う、ううう……」

すすり泣きし始めた雲外鏡から離れ、千弥は弥助のもとに戻った。

「さ、弥助。あとのことは私と玉雪でやるから。少し眠りなさい。意識が戻ったとはいえ、体は傷ついているはずだ。無理をしてはいけないよ」

「……わかった」

これ以上心配をかけてはまずいと、弥助は素直に横になった。千弥の言ったとおり、体は思った以上に痛手を受けているようだ。すぐに眠気がやってきた。

だが、眠りに落ちる寸前、弥助は千弥の独り言を聞いた気がした。

「そうだ。月夜公が来たら……もう一つ頼まなくちゃいけないことがあるね」

何を頼むんだと聞こうとしたところで、弥助は夢の中に入ってしまった。

夢には、赤い目玉がたくさん出てきた。それらは弥助を睨みながら、甲高くこちらを嘲《あざけ》っていた。逃げようとしても、逃げ場などどこにもない。

赤いまなざしを浴び続け、次第に弥助の体も赤く染まりだした。

もうすぐだと、誰かの声がした。悪意に満ちた、骨まで凍るような声。

弥助は子供のように怯え、しまいには泣き叫んでしまった。

だが、そんな恐ろしい夢を見たにもかかわらず、目を覚ました時、弥助は夢の内容をきれいに忘れてしまっていたのである。

五

その日、太鼓《たいこ》長屋の大家の息子、久蔵は久しぶりに弥助と千弥を訪ねることにした。

かつては放蕩《ほうとう》息子として親をさんざん泣かせた久蔵だが、昨年の秋に所帯を持ったことで、やっと落ちついた。もうすぐ父親になるということもあって、顔つきや振る舞いにも少し貫禄《かんろく》が出てきている。

手土産のだんごの包みを手に持ち、久蔵は弥助達の部屋の前に立った。

懐かしいと感じた。

前はちょくちょくここにやってきて、弥助をいじめて楽しんだものだ。出不精な千弥を連れ出して、酒を飲みに行ったりもした。今は身重の女房がいるので、そうした外出はめっきり減ったが、無事に子供が生まれたら、またここに押しかけてきてやろう。

いたずら心丸出しでほくそえんだあと、久蔵は勝手知ったるなんとやらで、戸を開いた。

「はいはい、ごめんなすって。千さん、たぬ助、いるかい？　久蔵様のおなりだよ」

千弥の姿はなかったが、弥助はいた。気の抜けた様子で、奥で足を投げ出して座っている。久蔵を見るなり、その顔は嫌そうに歪《ゆが》んだ。

「なんだよ。久蔵かよ」

「いきなりご挨拶だね。相も変わらず憎たらしい餓鬼《がき》だ。なんだい、おまえだけかい？」

「千にいなら、しばらく戻らないよ。按摩《あんま》に行ってるんだ」

「ふうん。つまらないねぇ。久しぶりに、あの花のかんばせを拝みたかったんだがねぇ」

「……花のかんばせ、花のかんばせって、馬鹿の一つ覚えみたいに言うよな。用がないなら、とっとと帰れよ」

失敬なと、久蔵は鼻を鳴らした。

「わざわざ心配して、顔を見に来てやったってぇのに。人の親切心を無下にする気かい？」

「心配？　なんで？」

「とぼけるんじゃないよ。……おまえ、とんでもないことになってるんだって？　命を狙われているそうじゃないか」

弥助はぎょっとした。

「な、なんで知ってるんだよ？」

「玉雪さんさ。昨日、うちを訪ねてきてさ、色々話してくれたんだよ。長屋に入れてもらえなくなったと、まあ、嘆くこと嘆くこと」

「…………」

弥助と千弥が妖怪達と付き合いがあることを、久蔵は知っている。久蔵自身、妖怪を妻《めと》として娶った男だからだ。その時はすったもんだの騒ぎとなり、弥助達も巻きこまれてけっこう迷惑したのだが、まあ、そのことは今蒸し返してもしかたない。

そんなことよりも、弥助は玉雪のことが気がかりだった。

「……玉雪さん、そんなに嘆いてた？」

「というより、泣きじゃくっていたよ。弥助さんの顔も見られなくなったと、目を真っ赤に泣き腫らしてさ」

「…………」

「俺はこうして普通に入れたけれど。なんだい？　ここに張られた結界ってぇのは、そんなに強力なものなのかい？」

「そうらしいよ」

情けない顔をしながら、弥助はうなずいた。

雲外鏡の一件で、千弥の警戒と苛立ちは頂点に達してしまったらしい。月夜公を呼び出し、長屋の結界を強めるように頼んだのだ。

最初は月夜公もいい顔をしなかった。

「それじゃと、吾が配下の烏天狗《からすてんぐ》どもも、長屋に近づけぬ。いざという時に、弥助を助けられなかったらどうするのじゃ？」

「いいんだよ、それで。とにかく、今は私以外のものを弥助に近づけないようにしたいんだ。そうでないと、とても安心できない」

「むぅ……」

「……これが津弓だったら、どうだい？」

千弥は月夜公の弱点をついた。千弥に匹敵する怜悧《れいり》な美貌を持つ月夜公は、甥の津弓を溺愛《できあい》することでも知られているのだ。

「これが弥助ではなく津弓だったら、おまえは一も二もなく結界を強めるだろう？　今だっておまえは、津弓を安全なところに置いているはず。問答無用で結界の中に閉じこめているはず。違うかい？」

「当たり前じゃ。紅珠を捕らえるまでは、決して津弓は外には出さぬ。今回ばかりは、津弓が泣こうが癇癪《かんしゃく》を起こそうが、吾《われ》の思うようにするまでよ」

「……うらやましい」

同じことができたらと、千弥はねたましげにつぶやいた。

「だが、悲しいかな、今の私にそんな力はない。……だから、おまえに頼んでいるんだよ。弥助を津弓に置き換えて考えてみてほしい」

「不届きな！　うぬの養い子ごときを、かわいい津弓に置き換えられるはずがなかろう！」

「言っておくがね、うちの弥助のすばらしさは、そっちの甘ったれの津弓なんかとは比べものにならないんだからね！」

「何を！」

二人はしばし睨《にら》み合った。先に折れたのは、月夜公であった。

「ふん。まあ、よいわ。そこまで言うなら、そうしてやろう」

「強力で、決して破れぬ結界だよ？」

「わかっておる。うぬとて、吾の力の程は知っておろうが。つべこべ言わず、吾にまかせよ」

そうして、それまでよりもはるかに強固な結界が、長屋全体を包んだのだ。

以来、妖怪はぴたりと現れなくなった。つまり、弥助の妖怪の子預かり屋もいったん休業だ。

こうなった以上はしかたないと、その点については弥助も文句を言わなかった。

ところがだ。

結界が強化されたにもかかわらず、千弥は少しも安堵した様子を見せない。夜どころか昼間も部屋の外に出るなと、弥助に厳しく言いつける始末。用も盥《たらい》にたせと言われ、弥助は頭をかかえていた。

弥助の情けない顔からだいたいの事情を読み取り、久蔵はしみじみとつぶやいた。

「親馬鹿ってのは恐ろしいもんだねぇ。たがはずれると、どうにもならないというか。……俺も親になったら、やっぱりこうなっちまうのかね?」

「知るかよ」

「ま、こればっかりは子が生まれてみないとわからないか。ほら、このだんごでも食って、少し気を紛らわせな。それにしても、千さんに会えなかったのは残念だったよ。玉雪さんくらいは出入りできるようにしてやってくれって、言ってやろうと思ったんだがね。しかたない。肝心の千さんがいないなら、もう帰るわ」

立ちあがる久蔵に、弥助は目を見張った。

「もう帰るのか?」

「なんだい。俺にいてほしいのかい?」

「んなわけあるか! ただ……久蔵らしくないなって思ってさ」

いつもの久蔵なら、だらだらとここに居続け、弥助をいらつかせてはおもしろがり、果ては図々しく昼飯まで食べていくはずなのに。

怪訝《けげん》な顔をする弥助に、久蔵は満面の笑みを向けた。

「へへ、だいぶ初音《はつね》の腹も大きくなってきてね。少し早いが、もういつ生まれてもおかしくないそうだ。やっぱりそばにいてやりたいだろ？」

もう名前も考えてあるんだと、久蔵はゆるみきった顔で言った。

「色々あって、一つに決めかねているんだけどさ。おまえだったら、どれがいいと思う？久太《きゅうた》、初太郎《はつたろう》、千吉《せんきち》、弥一《やいち》。俺は初太郎ってのが一番いいんじゃないかって思ってるんだけどね」

「……なんで、男の名前ばっかりなんだよ？」

「そりゃ生まれてくるのは男だからさ」

久蔵はきっぱり言った。

「おまえだって、覚えているだろ？　俺は猫のお姫さんに恩を売ったんだ。あれで絶対、男の子が生まれてくる。そうなるように、猫のお姫さんが仕向けてくれるのさ」

「…………」

久蔵がこんなにも男の子にこだわるのは、後継ぎがほしいからではない。ただ単に、娘はかわいすぎるから嫌なのだ。かわいい娘はいずれは誰かの嫁になり、自分の手元から去ってしまうだろう。それを思うだけで泣けてくると、ひたすら生まれてくる子が男であるようにと願っているのである。

じろりと、弥助は冷たい目で久蔵を睨んだ。

「まさかとは思うけど、初音姫に、男の子がほしい、女の子はいらない、なんて言ってないだろうな？」

「馬鹿野郎。俺が大事な時期の女房にそんなことを言うはずがないだろう？　こう見えても、女心についちゃおまえよりはるかに上手《うわて》だよ？　失礼な餓鬼だね。いつまで経っても、俺のことをわかろうとしないんだから」

「おまえのことなんか、わかりたくもないんだよ。そら、帰るなら、とっとと帰れよ」

「ああ、そうさせてもらうよ。なんだいなんだい、もう！」

久蔵はぷんぷんしながら出て行った。

とたん、部屋の中はぐっと静かになった。

「あいつ、ほんと騒がしいよなぁ。あれで親になれんのかよ。……生まれてくる子が心底気の毒になってきた」

そんな憎まれ口を叩きつつ、弥助の顔は冴えなかった。絶対に認めたくないことだが、久蔵が去ったことで、いっそう寂しくなってしまったのだ。

「……贅沢《ぜいたく》になったもんだよな、俺も」

前は千弥がそばにいてくれれば、それでよかった。大好きな大好きな千にいと二人きりの、甘くて満ち足りた小さな世界が、弥助の全てだった。

だが、妖怪達と付き合いだしたことで、弥助の世界は広がった。様々なものを見て、様様なことを知った。

子預かり屋の役目にも、やりがいを感じるようになった。それを、今になって制限されてしまうのは、息苦しくてたまらなかった。こうして一人で蒸し暑い部屋の中にこもっていると、壁や天井が迫ってくるような気がしてくる。

なんとなくだが、月夜公の甥の津弓の気持ちがわかった気がした。津弓も、心配性な叔父になんだかんだと理由をつけられ、屋敷に閉じこめられることが多いからだ。

「……今度、津弓に会うことがあったら、思い切り遊んでやるとするか」

津弓、梅妖怪の梅吉、半妖のみお、眠り猫のまるも、酒鬼《さけおに》の力丸《りきまる》。

これまで預かった子妖らを、弥助は一人ずつ思い出していった。どいつもこいつも一筋縄ではいかない子ばかりだった。千弥、それに玉雪の手助けがなかったら、きっと音をあげていただろう。

玉雪のことを考えると、胸が痛んだ。そんなに泣いていないといいのだが。

「くそ！　早く月夜公達が紅珠をとっ捕まえてくれないもんかなぁ」

いい迷惑だと、ぶつくさつぶやきながら、ごろ寝をしようとした時だ。

からっと、小さな音がした。

戸を開ける音だったので、弥助は一瞬千弥が戻ってきたのかと思った。が、考えてみれば、千弥はこんな忍びやかな音は立てない。もっと堂々と戸を開けて、「帰ったよ、弥助。無事だったかい？　何もなかったかい？　お土産を買ってきたからね。おまえの好物だよ」と、嬉しそうにまくしたてながら入ってくるはずだ。

何か変だと感じながら、弥助は戸のほうを振り返った。

大きな男が土間に立っていた。後ろ手で戸を静かに閉めながら、こちらを見ている。

顔見知りだったので、弥助は肩の力を抜いた。

「なんだ。三次《さんじ》さんか」

向かいの長屋に住む薪屋《まきや》の三次だった。歳は二十歳そこそこだが、日々重たい薪をかついでは売り歩いているため、その体はとにかくたくましい。腕など、弥助の太ももの倍はある。

だが、ごつい大きな体に似合わず、三次は気の良い男だ。誰とでも気さくに言葉を交わし、近所のおかみや子供らからも人気がある。弥助にもよく挨拶してくれるし、飴などをくれることもある。

「どうかした？　また手首をねじって、千にいに鍼をうってもらいに来たのかい？　あいにく、千にいはもうしばらくしないと戻らないと思うんだけど」

「ん。そうかい」

短く答えながらも、三次は出て行くそぶりを見せなかった。それどころか、一歩、弥助のほうに近づいてきた。

その目がおかしかった。いつもの屈託《くったく》のない笑顔が、不自然にひきつっている。そして弥助が見ている目の前で、その笑みは消え、能面のような無表情へと変わった。

弥助の背筋になにやら冷たいものが走った。

次の瞬間、大きな体が一気に肉迫してきた。

あっと気づいた時には、弥助は床に押し倒され、喉をつかまれていた。

そのまま、容赦なく絞められた。太い指が喉元に食いこんでくる。

柔らかい肌を突き破られるような痛みに、弥助は悲鳴をあげた。だが、声は出ない。息を吐くことも吸うこともできない。頭の奥ががんがんと鳴り、鼻に血の塊が押し上げてきて、顔が熟《う》れた柘榴《ざくろ》のように弾けるような気がした。

「くっ、ううう……」

「すまねぇ。でも、しかたねぇんだ。す、すまねぇ！」

謝りながらも、三次は力をゆるめない。目は血走っているが、迷いはない。そこに宿る殺意は本物だ。

と、弥助の懐《ふところ》から犬の土鈴《つちすず》が転がりでてきた。それはたちまちのうちに大きな赤犬へと変わり、唸り声をあげながら三次の腕に食らいついた。

「ぎゃっ！」

たまらずに三次がのけぞった。

手が離れるのを感じ、弥助はもがくようにして身を横に転がし、必死で息を吸った。苦しかったたし、喉元がつぶされたみたいに痛かった。

なんでこんなことに。三次とはよき隣人として、うまくやってきたはずなのに。

痛みと混乱に、知らないうちに涙がわいてきた。

とにかく、今の三次は正気ではない。逃げなくては。逃げて、番屋で助けを呼ぼう。

だが、弥助と戸口の間には、三次と赤犬の朱狛がいた。激しく組み合い、暴れている。とても避けては通れず、弥助はそのまま立ち尽くしているしかなかった。

ここで朱狛がふたたび三次の腕を嚙んだ。三次が泣きそうな声で絶叫した。

「ちくしょう！　邪魔すんなよぉぉぉ！」

痛みをもろともせず、三次は腕に食らいついたままの朱狛を持ち上げ、そのまま横壁に叩きつけた。

ぱりんと、もろい音がして、赤犬が消えた。ぱらぱらと、床にこぼれる赤い土のかけらに、弥助は悲鳴をあげた。

「朱狛！」

まさか付喪神《つくもがみ》が敗れるなんて。相手はただの人間のはずなのに。

その三次はというと、わけがわからないという顔をしていた。

「な、なんだよ。なんなんだよぉ、今の犬は……」

はあはあと、息を荒げながら、三次は途方に暮れたように弥助を見た。と、またその目に冷たい殺気がみなぎりだした。朱狛との戦いで傷だらけになった体が、ふたたびぐっと盛りあがる。

なんでなんだと、弥助は問うた。

「ど、どうしてなんだよ？　なんで、俺を殺したいんだよ？　俺、三次さんに何もしてないだろ？」

「すまねぇな」

ぎらぎらとした目を向けながら、三次は謝ってきた。本当に申し訳なさそうな声なのに、目に宿る殺気は少しも衰えない。その異様さが逆に恐ろしい。

「しょうがねぇんだ。……俺、女ができたんだ。きれいなかわいいやつでさ。おめぇを消したら女房になってくれるって、約束してくれた」

「なんだよ、それ！」

そんなことを言う女がいるなど、信じられなかった。

だが、三次はとろけんばかりの幸せそうな笑みを浮かべた。

「ほんとさ。約束してくれたんだ。年季が明けたら、俺と一緒になってくれるって。他の男が金を積んできても、身請けされねぇって、誓ってくれた。そう言われたら、俺も誠を見せなきゃならねぇだろ？……だから、やらなきゃならねぇ。すまねぇな、弥助。ほんとすまねぇ」

傷を負っていても、三次は強くすばやかった。逃げようとする弥助を難なく捕らえ、今度はがっちりと、その太い腕を弥助の首に回したのだ。

ぎゅうっと絞められていく中、弥助はそれでも助かりたいと必死で願った。

もはや助けてくれる付喪神はいない。結界が強固すぎて、長屋を見張っている烏天狗達も助けには来られない。

ならば自分で戦い抜くしかない。

自由の利く手で、首に回された三次の腕をかきむしった。だが、たいした傷もつけられない上、びくともしなかった。

次は後ろに向かって何度も肘打ちを食らわせた。空振りが多かったが、二度ほど、三次の脇腹に当たった。

三次がうめくのを聞き、もう一度と、体に力をこめようとした時だ。

ぎしっと、首の骨が嫌な音を立てるのを聞いた。

あ、もうだめだ。

絶望が稲妻《いなずま》のように駆け巡り、それはたちまち闇となって、弥助の視界を覆っていった。

久蔵は最初こそぷりぷりと腹を立てていた。

「あの野郎。せっかくだんごまで買って行ってやったってのに。恩を仇で返されるって、こういうことをいうんだね、きっと。いつまで経っても俺に懐《なつ》かないで、かわいくないったらありゃしない。うぅ、やだやだ。俺の子は絶対ああはならないように育てよう」

近頃は、道端に咲く野花、川を泳ぐ水鳥を見ても、生まれてくる子を思い浮かべる久蔵なのである。

だが、今日はどんなに子供のことを考えようとしても、心は弥助のことに引き戻された。

いつもと変わらず生意気な様子を見せていた弥助だが、やっぱり寂しさと怯えはまとわりついていた。命を狙われ、長屋に閉じこもりっぱなしとあれば、その心中はいかばかりか。

ぴたっと、久蔵は足を止めた。

このまま歩き続ければ、じきに家に着く。そこにはかわいい身重の女房が、自分の帰りを待っていてくれるだろう。もしかしたら、お節介で手厳しくておっかない乳母《うば》も来ているかもしれないが、どちらにしても早く帰りたい。

だが、しかしだ。

このまま帰っても、弥助のことが気になって、今夜の晩酌《ばんしゃく》もおいしくいただけまい。下手《へた》をしたら、初音の前でため息をついてしまうかもしれない。そうなれば、何かあったのかと、身重の初音は気を揉むだろう。それは大変によろしくない。

久蔵はため息をついた。

「やっぱり戻るか。千さんが帰ってくるまで、そばにいてやるとするかね。……俺も甘いねぇ」

今から思えば虫の知らせだったのかもしれないが、久蔵はともかくきびすを返し、太鼓長屋に戻った。

そして、大きな男が弥助の首に腕を回し、絞めあげているところに出くわしたのだ。

「っ……！」

自分が目にしているものが理解できず、久蔵は凍りついた。

弥助の顔はすでにどす黒くなり、鼻からは血が垂れ、口は泡をふいている。一方、男は弥助を絞めるのに夢中で、入ってきた久蔵には気づかぬ様子だ。

立ち尽くしていたのは一瞬で、久蔵はすぐに我に返った。

「うきゅあああああっ！」

自分でもわけのわからぬ奇声をあげて、久蔵は男に飛びかかった。

放蕩者として、遊びも修羅場《しゅらば》も数をこなしてきた男だ。一番得意なのは逃げることだが、じつは喧嘩もそこそこ強い。先手を打って急所を狙えば、まず負けないということも知っていた。

そうして突き出したこぶしは、狙いたがわず男の顔面にめりこんだ。ぐしゃりと、柔らかな鼻骨が折れ、血が飛び散った。

「ふぐっ……！」

弥助を離し、床に前のめりとなる男の頭を、久蔵は思い切り蹴り飛ばした。加減は一切しなかった。弥助を殺そうとしたやつに、情けは無用だ。しかも、この男は自分よりも体が大きく、まともに対決すれば、まず敵わない。今のうちに徹底的に叩きのめさなくては。息の根を止めるつもりで、久蔵はさらにもう一度蹴りつけた。全身を血が熱く駆け巡っていた。それでいて、頭はひどく冷えている。

男はついに仰向けに倒れた。ひいひいと、息とも泣き声ともつかない声をもらしていた。顔はつぶれて、ぐしゃぐしゃで、陸に放り出された蛙《かえる》のようにひっくり返っている。

その無防備な股間を、久蔵はとどめとばかりに踏みつけた。

きゅうっと、妙な声を立てて、男は海老のように身を丸め、動かなくなった。

これだけ痛めつけておけば、すぐには立ちあがることもできまい。

そう見極め、久蔵はようやく弥助に向き直った。倒れたままの弥助を抱き起こし、必死で呼びかけた。

「弥助！　しっかりしなよ！　弥助！」

もしやと、胆を冷やした。この子に何かあったら、千弥はどうなるのだろうと、ちらりとそんな考えも頭をよぎった。

だが、嬉しいことに、弥助はまだ息をしていた。

できるだけ息がしやすいようにと、体を横たえてやり、手ぬぐいで鼻血をぬぐってやった。さらに水を飲ませようと、土間に向かおうとした時だ。

千弥が戻ってきた。

「ただいま、弥助。遅くなってすまないね。お土産を買ってきたから、一緒に……」

ここで異変に気づいたのか、千弥の顔からすっと笑顔が消えた。閉じた目で奥をねめつけ、打って変わった鋭い声を放つ。

「そこにいるのは誰だ！　弥助？　弥助、どうしたんだい？」

「千さん……」

「あ、久蔵さんか。弥助は？　この血の臭いはなんですか？……弥助に何かしたんですか！」

「ち、違うよ。俺じゃない。男が弥助を殺そうとしてて……」

「っ！……」

声にならぬ悲鳴をあげ、千弥は部屋の中に飛びこんだ。草履《ぞうり》を脱ぐこともせずに畳の上に上がり、気配を頼りに弥助を探り当て、抱きしめる。

「弥助！　どうしたんだい？　何があったんだい！　答えておくれ！　ねえったら！」

「大丈夫だよ。生きてはいるから」

「弥助！　ああああ、弥助ぇ！　やだよ！　あんまりだ！　ああ、あああああっ！」

「ちょ、ちょっと落ちつきなって、千さん」

久蔵は慌ててなだめにかかったが、突き飛ばされて、壁に叩きつけられた。すごい力だった。一瞬だが、久蔵は気を失いかけたほどだ。

だが、文句を言うこともできなかった。その時には千弥が泣きだしていたからだ。閉じた目から涙をあふれさせ、弥助を抱きしめたまま体を揺らす千弥は、まるで怯えきった子供のように見えた。

いつもの千弥ではない。このままでは心も壊れてしまう。

危険なものを感じ、久蔵はもう一度千弥に飛びつこうとした。こうなったら、腹に一発お見舞いして、気絶させてでも、千弥を正気に戻さなくては。

だが、久蔵がそうする前に、錯乱したまま、千弥が叫びだした。

「雪耶《ゆきや》！　雪耶ぁぁぁぁ！」

狂おしい、子犬が母犬を呼ぶような必死の声。そして、その呼び声に応えるように、忽然と、その場に一人の男が現れた。

二つの意味で、久蔵は絶句した。

一つ目は、その男があきらかに人ではなかったことだ。背が高く、燃えるような真紅の装束をまとい、長く白い髪をなびかせ、同じほどに白い三本の尾をはやしている。なにより半分に割った般若面《はんにゃ》をかぶったその顔は、人と言うにはあまりに美しすぎた。

そして久蔵がもう一つ驚いた理由は、このあやかしのことを知っていたからだ。

知っているというより、一度だけ見たことがあると言うのが正しい。何年も前に、この長屋の屋根の上から、千弥と弥助を見下ろしていたあやかしだ。

「あ、あんたは……」

言葉が出なかった。

だが、そんな久蔵に、あやかしは見向きもしなかった。その切れ長の目はただ一点に向けられていた。

千弥だ。

泣きじゃくり、わけのわからぬ声をあげている千弥に、美貌のあやかしはあっけにとられた様子だった。が、すぐに動いた。その太く長い尾を大蛇のようにくねらせ、千弥と弥助を包みこんだのだ。

そうして、三人は消えた。本当に、ぱっと、消え失せてしまったのである。

一人取り残された久蔵は「いったい、何がどうなってんだい……」と、つぶやくことしかできなかった。

六

その小部屋は甘ったるい匂いに満ちていた。甘く痺《しび》れるような香の匂いだ。だが、それにまじって悪臭も漂っていた。

汗と苦痛、快楽と血、渇望と羨望《せんぼう》。

そうした悪臭がどろりと重く、まるで泥のように空気の中にたまっている。

小部屋の主は静かに物思いにふけっていたが、周りはにぎやかだった。三味線や太鼓《たいこ》、歌が聞こえ、酒に酔ってふざける男女の笑い声が聞こえてくる。艶《なま》めかしいあえぎ声も、悲鳴めいた嬌声《きょうせい》も、そこら中から響いてくる。

当然だ。ここはそういう場所なのだから。

遊郭《ゆうかく》。人間の男が、金を払って女を買う場所。

そのうちの一つ、「花夜叉《はなやしゃ》」という女郎《じょろう》屋に、王妖狐族《おうようこぞく》の紅珠は潜伏していた。

遊郭は身を潜めるにはうってつけだった。人間のどす黒い欲望が渦巻くここは、うまい具合に紅珠の気配も妖気も隠してくれる。ここにあふれるのは地獄の闇で、力なき小妖であれば、あっという間に飲みこまれてしまいそうだが、すでに闇に染まっている紅珠にとってはそれがかえって心地よい。

なにより、誰からも疑われぬ場所という点が都合がよかった。

人間の男達のぎらついたまなざしにさらされるのは、あやかしにとっては死にたくなるような屈辱だ。こんなところに逃げこむことなど、普通のあやかしであれば思いつくこともないだろう。

だからこそ、誰も紅珠を見つけられない。あの月夜公ですらも。

ほしいもののためならば、どんな環境にでも適応し、したたかに耐え忍ぶ。

それこそがこの女の強みであった。

遊女となった今の紅珠には、けばけばしい布団と化粧台が置いてあるだけの小部屋が与えられている。夜には息がつまりそうになるほどおしろいを塗られ、男達の飢えを満たすよう、差し出される。

だが、紅珠自身はそんな日々を楽しんでいた。

なんとかわいらしい。なんとたわいない。

自分にのぼせあがった男どもを、手玉にとるのに時はかからない。肌を許す必要すらなかった。紅珠がその目で見つめるだけで、相手は強い酒を飲んだかのように紅珠に酔い、思いのままに動く傀儡《かいらい》となるからだ。

人も食った。

本来、王妖狐族は人肉など好まないが、より人界に溶けこむためと、迷わずやった。

餌食にしたのは、ここの下男と禿《かむろ》だ。

禿のほうは、まだ七つにも満たない幼い子供で、夜に親を恋しがって泣いていたのを部屋に誘いこんだ。菓子をあげて優しくしてやり、「一人で寝るのが怖いなら、一緒に寝てあげる」と、自分の布団の中に招き入れた。

嬉しそうに身をすり寄せてきた幼子の細い喉を食い破り、あふれる血をすりあげた時、悪くない味だと思った。その前に食った下男は骨ばっていて臭かったが、子供の肉は柔らかく甘みがあった。

さすがに一夜では食べきれなかったので、残骸は人目につかぬよう、裏手のどぶ川に捨てたが、目玉はまだ取ってある。すっかり白く濁《にご》ってしまっているが、しゃぶると、甘い涙の味がする。

機会があるなら、また食ってみようか。

そんなことも思ったりする今日この頃だ。

だが、今の紅珠を見て、誰がそのような恐ろしい化け物だと気づこうか。

しどけなく赤い襦袢《じゅばん》をまとっただけの姿。少しほどけた髪は、一筋一筋がねっとりと夜の色に輝いている。顔はあどけないほどに愛らしく、それでいて成熟した色香に満ちている。人に化けているためにその瞳は黒いが、時折、熾火《おきび》のように紅い光が浮き上がる。それがまた美しい。

淫猥な絵が描かれた屛風をながめながら、ふっくらと紅珠は笑った。思い浮かべるのは、ひたすら愛《いと》しい相手のことだ。

雪耶。

祖を同じとする王妖狐族の長《おさ》で、今は妖怪奉行の月夜公という名を持つ男。

彼を初めて見た時の衝撃は、今も忘れられない。感動したのだ。この自分の心を揺さぶるような相手がいたことに。

その日、その時まで、紅珠は何かに執着したことがなかった。

生まれ持った紅玉《こうぎょく》のような瞳を向ければ、次の瞬間、望んだものが手に入る。紅珠が欲するならと、誰もが大事なものを譲ってくれた。喜ばそうと、彼女がほしがるよりも先に、贈り物を差し出す者もいた。

それが紅珠にとっては当たり前で、いつしか、「ほしい」と強く望むことすらなくなっていたのだ。

ぼんやりとしたけだるい満足感に、何年浸っていたことだろう。

だが、父母に連れられて長の屋敷に出向き、そこで跡継ぎの若君を見た時、紅珠は覚醒したのだ。

それはまさに目覚めだった。

白い霜に覆われた冬の庭、満開の冬牡丹《ぼたん》が咲き誇る場に、若君はいた。白い牡丹を摘み取り、双子の姉の髪に挿してやっているところだった。

姉君のほうも麗《うるわ》しかったが、紅珠が惹きつけられたのは若君ただ一人だった。月も身を引くほどの玲瓏《れいろう》とした姿。まとう妖力の輝きもすばらしい。

なにより、その時の微笑《ほほえ》みに、紅珠は心打たれた。

優しい、本当に愛おしげな微笑み。姉に何かささやかれ、嬉しそうにうなずき返すしぐさ。全てが涙がこぼれそうになるほど美しく無垢であった。

胸がときめいた。

この少年のことを知りたい。もっと見ていたい。そして、できることなら、同じように微笑みかけてほしい。

そんな願いが生まれた。

だが、紅珠に向き合った時には、その微笑みはきれいに消えていた。

「雪耶です」

礼儀正しく名乗りはしたものの、その目は紅珠を映してはいなかった。

雪耶にとっては、紅珠は少しばかり年上の遠縁の娘にすぎなかった。視界から消えれば、すぐにその名すら忘れてしまうだろう。この美しい少年が愛しているのは、自分の半身とも言うべき双子の姉君だけなのだ。

それがわかった。

だが、紅珠はかまわなかった。

いずれ時は来る。どれほど大切に思おうと、半身である姉君はいずれは離れていくだろう。そして、雪耶のほうも、伴侶《はんりょ》を必要とする年頃になる。その相手として、自分ほどふさわしい娘はいないはずだと、紅珠は確信していた。

同じ年頃。同じ一族。なにより、紅珠は美しい。似合いの夫婦と、嫌でも周りが二人を添わせようとするだろう。

その時をただ待てばいいのだ。

その日以来、紅珠は足しげく屋敷に通い、いずれは義父母となるであろう雪耶のふた親に気に入られるように努めた。

そうしながら、雪耶をそれとなく見守っていた。

日々、雪耶はりりしく、美しく成長していった。他者に対しては怜悧《れいり》な表情が、姉にだけは柔らかくゆるむ。それを見るのが、紅珠はなにより好きだった。

いずれ、あの微笑みは自分に向けられることだろう。夫婦になれば、愛しい人は自分だけを見てくれるはず。

一日千秋の想いであったが、紅珠は待つのも楽しみの一つとして、ひたすら耐え忍んだ。

だが、その想いを踏みにじる者が現れた。

白嵐というはぐれのあやかし。力ばかりが強く、波乱と破滅をふりまく厄介な一眼魔獣《いちがんまじゅう》。

それが、こともあろうに雪耶に近づき、どこをどうしたものか、その心をつかんだのだ。

二人は意気投合し、何かと共に過ごすようになった。

雪耶が白嵐に笑みを向けるようになったのを見て、紅珠は愕然とした。

自分の間違いにやっと気づいた。

しとやかに見ているだけではだめだったのだ。嫌われる覚悟で、自分から近づいていかなければ、若君の目にはとまらない。存在を認めてはもらえないのだ。

時を無駄にしたという悔しさと、目の前で雪耶の微笑みを盗んでいった白嵐への嫉妬と憎悪が、紅珠の心を責め苛んだ。

いつか、若君に決して知られぬように、あのあやかしを殺してやる。

そう決め、密かに策を練った。

だが、紅珠が手を下す前に、白嵐の栄華は砕けた。何を思ったか、白嵐は自ら雪耶の怒りを買うような真似をしでかし、その友情を憎しみへと変えてしまったのである。

雪耶はかつての友を狩ることを誓い、憎悪をこめて白嵐の名を呼ぶようになった。紅珠が狂喜したのは言うまでもない。

そして、さらに良いことが起きた。雪耶の姉が産褥《さんじょく》で亡くなったのだ。残されたのは、妖気《ようき》違《たが》えの赤子一人。

その子を雪耶が引き取って育てると聞いた時、紅珠はついに動いた。

待ちに待った時が来たのだ。白嵐はもういない。最大の障害だった姉も死んだ。二人を失ったことで、雪耶の心は虚《うつ》ろになっているはず。それを自分が癒し、満たしてやろう。そうして初めて、若君は紅珠の存在に、その愛に気づくはずだ。

紅珠は身を調え、まずは長の屋敷に向かった。雪耶の父と母にまみえ、はっきり伝えた。今すぐ自分を、若君に添わせてくれと。

「雪耶様は、今お心が狂わんばかりでございましょう。唯一無二の姉君を失い、その悲しみはいかばかりか。忘れ形見の御子をお育てするとのことでございますが、傷心のままではとても無理でございます。ましてや、月夜公として東の地宮《ちぐう》を託されたばかりで、目も回る忙しさであるはず。ですから、わたくしが支えとうございます。……わたくしがあの方を心からお慕いしていることは、お二人もご存じのはず。どうか、祝言《しゅうげん》の支度をしてくださいませ。わたくしのためではなく、あの方の孤独を癒すために」

心をこめ、切々と頼み、訴えた。

だが、月夜公のふた親はうなずいてくれなかった。

「そなたの気持ちには気づいていましたよ。できるものなら、その願いを叶えてあげたいところですが……」

「恐らく、あれは生涯、妻を娶《めと》らぬであろう」

二人の声には深い諦観がにじんでいた。

だが、紅珠は粘った。

「ですから、お二人のお力添えをいただきたいのです。雪耶様とて、お二人のお言葉には従うはず」

いいやと、父親がかぶりを振った。

「妖力の強さで、雪耶はすでにわしをはるかにしのぐ。もはやあれが一族の長だ。誰の言うことも聞きはすまい」

「あきらめたほうがいいでしょう。他の殿方を探したほうが、そなたのためですよ」

気の毒そうにこちらを見る二人に、紅珠は悟った。この二人は敵なのだと。

かっと、怒りで目の前が真っ赤になった。

同時に冷静に思った。

敵は殺さなくてはならないと。

邪魔者を野放しにしていてはろくなことがないと、白嵐の時に学んだ。もう二度と同じ過ちは繰り返してはならない。

紅珠はその場で二人の命を奪った。まさか襲われるとは思わなかったのだろう。ほとんど抵抗されることもなかった。

だが、悲鳴を聞き、屋敷の者達が駆けつけてきた。紅珠は逃げようともしなかった。待っていれば、愛しい人がやってくるとわかっていたからだ。

実際、雪耶はすぐに来た。

両親の血にまみれた紅珠を、雪耶はあっけにとられたように見つめてきた。その美しい顔の右側には、ひどい傷ができていた。

いまだ生々しいその傷が、白嵐によるものだということを、紅珠は知っていた。つい数日前、雪耶の前にのこのこと現れ、彼を嘲《あざけ》り、傷を負わせたのだという。雪耶は返礼として白嵐を捕らえ、その力の源《みなもと》である目玉を奪った上、人界に追放した。

生温《なまぬる》いと、紅珠は思う。

その白い肌に、一生残るであろう傷をつけるなど、万死に値する。その場に自分がいたら、白嵐の体を千々に引き裂いていただろう。

あのあやかしはやっぱり許せない。人界にいるというなら、必ず見つけ出して殺す。

決意を新たにする一方で、紅珠は嬉しさで身が震えた。

雪耶が自分を見ていたからだ。

雪耶は初めて、紅珠を紅珠として見ていた。そのまなざしには、彼女しか映っていない。自分は間違っていなかったのだと、紅珠は嬉しくなった。

雪耶が気にかけるほどの相手、心を留めるほどの相手を殺せば、紅珠は雪耶のまなざしを得られるのだ。そのまなざしにあるのが怒りや憎しみであろうと、かまわなかった。紅珠にとっては、愛されるのと同じほどに価値がある。

自分が捕らわれていることも忘れ、紅珠はにっこりと笑った。嬉しくて嬉しくて、この気持ちを少しでも伝えたくて。

雪耶が「おぞましい女じゃ……」と、ぞっとしたようにつぶやく声さえ聞こえなかった。ありったけの愛しさをこめて、雪耶に微笑み続けたのだ。

その笑顔のまま、氷漬けにされ、氷牢へと封じられた。

だが、雪耶に向けた微笑みが、紅珠を救った。その微笑みに心奪われ、牢番の烏天狗《からすてんぐ》が紅珠を牢から連れ出したのだ。

氷漬けだった体を回復させ、雪耶を取り巻く現状を詳しく聞き出したあと、紅珠はその烏天狗を殺した。自分と逃げてくれと、しつこくすがりついてきたからだ。

逃げるなど、とんでもなかった。自由になった今、やるべきことは一つ。

雪耶は、今は亡き姉の忘れ形見に夢中らしい。津弓という名のその子を、自分が手にかけたら、雪耶はどうするだろう？　今まで以上の執念で、紅珠だけを追い求めてくるはずだ。

その執着がほしかった。また食い入るように見つめてもらいたいのだ。

殺した烏天狗の皮をかぶり、紅珠は津弓がいるという子預かり屋へ行った。そこで、こともあろうに白嵐に出くわしたのだ。すっかり人間になりきっていたが、その憎らしい顔は忘れようがなかった。

かつての憎しみと嫉妬が改めて沸き上がり、紅珠は即座に狙いを変えた。

津弓のことは後回しだ。先に白嵐を片づけなくては。だが、ただ殺すのでは面白くない。苦しめてから悶《もだ》え死にさせなければ、こちらの気がすまない。

その方法はすぐに見つかった。

白嵐が庇《かば》っていた人間の少年。弥助と呼ばれていた子だ。

今の白嵐は、全身全霊をかけて弥助を慈《いつく》しんでいるらしかった。ならば、それを奪ってやる。壊してやる。

策を練り直すために、いったんその場を離れた。そして、遊郭へと逃げこんだのだ。むろん、ただただ息を潜めていたわけではない。巣の中央に座す蜘蛛《くも》のように、獲物をからめとるための糸をひそやかに伸ばしてきていたのだ。

「ふ、ふふふ、ふふふ……」

含み笑いをこぼしながら、かりっと、自分の小指を噛んだ。小さな穴が指に開き、そこから、つうっと、赤い雫《しずく》がしたたる。

雫は途切れることなく伸びていき、そのまますきらきらと光る赤い糸と化した。

縁を結ぶ赤い糸。これを使って、以前、鏡の妖怪を釣りあげた。それ以外にも何匹も。

人間も捕らえた。この部屋から何気なく雑踏を見下ろしていた時、覚えのある匂いをかすかにまとわせた男を見つけたのだ。即座に糸を投げかけ、ここに引き寄せた。以来、男は足しげくここに通ってきた。すっかり自分を紅珠の間夫《まぶ》だと思いこんで。

そして、今日、男はきちんと紅珠の頼んだことをやりとげてくれた。もはや顔を思い出すこともないだろうが、今日だけは感謝してやるとしよう。

一手、二手、三手と、手を打ってきたおかげで、狙いどおりにことは進んでいる。そしてまもなく王手となろう。

微笑みを浮かべたまま、紅珠は窓から空を見上げた。

すでに梅雨《つゆ》は明けているが、今日の空には黒雲があった。ごろごろと、遠雷も聞こえてくる。このあと、夕立にでもなるのだろう。

これまた都合よく黒雲が近くに現れてくれたものだと、紅珠は自分の運の強さに感心した。

「もうすぐ……あの方と一緒になれる」

その時の喜びを思い浮かべながら、紅珠は指から伸びる糸を、空の黒雲へと放った。

七

妖怪奉行、東の地宮《ちぐう》の司《つかさ》にして王妖狐族《おうようこぞく》の長《おさ》である月夜公は、猛烈に腹を立てていた。

このところ、やることなすことが全て裏目に出ている気がした。逃げた紅珠の行方を全力で追っているというのに、いまだに手がかり一つつかめていない。紅珠が雲外鏡に術をかけて、人間の弥助を殺させようとしたことはわかったが、どこでどう術をかけたのか、月夜公の力をもってしても判明させることは叶わなかった。

唯一わかったことは、紅珠が自分の言葉どおりに動いているということだけだ。

あの女は、千弥を苦しめるため、弥助を殺すと言ったらしい。

「じゃが、もともと狙っていたのは津弓じゃ……」

月夜公の最愛の甥こそが、あの女の本命。父と母を殺したように、津弓を殺し、その血にまみれて月夜公の前に現れるつもりなのだろう。また嬉々として笑いながら、自分の姿を見せつけたいに違いない。

これではとてもではないが、警戒をゆるめるわけにはいかない。

月夜公は、津弓を屋敷に閉じこめ、外はおろか、庭にすら出られぬようにした。おかげで、津弓にはすっかり恨まれて、今は口もきいてもらえぬありさまだ。

正直、これはかなり堪えた。早くなんとかしなくてはと、気ばかりが焦り、苛立ちが募っていく。

そこに来て、千弥が自分を呼ぶのを感じた。ついぞ聞いたことがないような尋常ではないその呼び声に、我を忘れて駆けつけてしまった。泣き叫ぶ千弥と気を失った弥助を、急ぎ自分の屋敷へと運び、千弥をなだめ、医師を呼んで弥助を手当てさせて……。

ここでようやく我に返り、自分がやらかしたことに憮然とした。

なぜ千弥の呼び声に応えてしまったのか。

もはや友ではないといやというほどわかっているのに、助けを求めるその声を、どうして無視できなかったのか。

いや、このような事態だからだ。紅珠がまた仕掛けてきたのではと感じたから、急ぎ駆けつけただけのことだ。

無理やり自分を納得させたものの、激しい怒りはおさまらなかった。

だから、目を覚ました弥助は、鬼神もかくやと言わんばかりの壮絶な形相の月夜公と、顔をつきあわせる羽目になったのだ。

あ、もう一度気を失いたい。

思わずそんなことを考えたであろう少年に、月夜公は「何があった？」と詰め寄った。

「吾《われ》の織りあげた結界は完全無欠であったはず。事実、どこにも綻《ほころ》びも穴もありはしなかった。にもかかわらず、うぬは血を流して倒れておった。何があったのじゃ？　隠さず申せ！」

「は、はい！」

取り調べを受けているような心地で、弥助はあったことを全て話した。近所の男が突然自分を襲ってきたこと。女に頼まれてのことだと、男が言ったこと。

「お、俺が覚えてるのはそれくらいだよ。……月夜公が俺を助けてくれたの？」

「違う。吾が駆けつけた時、それらしき男は床に倒れておったわ」

「じゃ、千にいがやっつけてくれたのか」

「吾もそう思うが……考えてみれば、うぬとあやつの他にもう一人、男がおったの。人間にしてはまあましな顔立ちで、それなりに度胸のありそうな男であった。吾を見ても叫ぶこともせなんだ。………どこかで見かけたような気もするのじゃが、はて……」

「………」

きっと久蔵だと、弥助はうつむきながら小さくつぶやいた。

「……あいつ、戻ってきてくれたのか」

だが、弥助のつぶやきなど、月夜公は聞いていなかった。苦々しげに唸った。

「紅珠め。考えたものよ。吾の結界を突破することはできぬとわかるや、すかさず今度は人間を送りこんでくるとはな」

ぎょっとして、弥助は顔を上げた。

「じゃあ、今回も紅珠の仕業だって言うの？」

「まず間違いあるまい」

「で、でも、三次さんの目は赤くなかったよ？　雲外鏡の時は、目が紅珠と同じ色になっていたのに」

「術をかけられたわけではないからじゃ。人間の男を虜《とりこ》にし、手駒《てごま》にするなど、妖術を使わずともたやすくできる。あの女は……それなりに美しいようじゃからな」

だが、その美しさは月夜公にはわからない。ひたすらうとましく、憎いだけだ。

一方、弥助はひどく青ざめていた。

「そんな……それじゃ三次さんは紅珠に惚れただけで……なんの術にもかかっていないのに、俺を殺そうとしたって言うのかい？……妖術でもないのに、そ、そんなこと、させられるのかい？」

「やろうと思えば、吾とて難なくできよう。例えば、弥助、うぬを吾に惚れさせ、焦がれさせ、吾の言いなりになるよう、仕向けてやってもよいのだぞえ？」

「んげっ！」

「なんじゃ、その声は！　無礼なところは養い親譲りじゃな！」

くわっと怒鳴りつけたあと、月夜公は白いこめかみを指で揉んだ。

「ともかくじゃ、これで合点がいったわえ。妖術をかけられたわけでもない、ただの人間。これは吾の結界でも弾けぬ。紅珠の息のかかった者であっても、自由に出入りできてしまう。……ぬかったわ。人間を利用するなど、思っていなかったゆえ」

あの女を見くびりすぎていたと、月夜公はほぞを噛んだ。

紅珠とて、誇り高き王妖狐族のはしくれ。罪に堕ちたとはいえ、そんな真似は死んでもするまいと、心のどこかでそう思っていた。

だが、あの女はなんでもするのだ。

欲望のままに、血と闇にまみれ、それを恐れることも恥じることもない。

今後は決してあの女を王妖狐だとは思うまいと、月夜公は決めた。

その月夜公に、弥助が落ちつかない様子で尋ねた。

「あのさ……せ、千にいは？」

「ん？　やつなら部屋の外におるわ。先ほどまでうぬにひっついて、泣きわめいておった。これでは医者の手当てもろくに進まぬと、ここから叩き出してくれたわ」

今頃、千弥は気も狂わんばかりに弥助のことを心配しているに違いない。その姿を思い浮かべると、月夜公は少し溜飲《りゅういん》が下がる気がした。

「ふん。まあ、そろそろ中に入れてやるとするか」

月夜公が手を叩くと、廊下側のふすまにかけられた術がぱちんと音を立てて切れた。間髪容れず、ふすまがばっと開かれ、千弥が飛びこんできた。その顔には血の気がなく、わずかな間にげっそりとやつれてしまっていた。

「千にい！」

弥助の声に、千弥は反応した。物も言わずに駆け寄り、弥助のことをぎゅうっと抱きしめたのだ。その力の強さに、弥助は息すらままならなかった。だが、何も言えなかった。千弥の体が小刻みに震えていたからだ。

今回のことがどれほど千弥を恐怖させたのか。

それが伝わってきて、胸がいっぱいになった。

「千にい。大丈夫。俺、大丈夫だよ。生きてるから。ちゃんと生きてるからね」

苦しい息の中、弥助は優しくささやきかけた。

それでも、千弥は腕をゆるめない。弥助の息を、鼓動を、全身で確かめようとしている。

これは落ちつくまで相当かかるかもしれないと、弥助は観念した。

だが、月夜公はそこまで待ってやるつもりは毛頭なかった。優しさのかけらもなく言い放った。

「いつまで吾の前でひっついておるか。弥助は無事だったのじゃ。それでよかろうが」

千弥がようやく顔を上げた。月夜公のほうを向き、かすれた声で言った。

「礼を言う。本当に助かったよ、雪耶」

「その名を呼ぶな！　礼も言うな！　気色悪い！」

さらに機嫌を悪くしながら、月夜公は言葉を続けた。

「今、弥助の話を聞いていたのじゃ。おかげで色々とわかったぞえ」

「なんだって！」

とたん、千弥は気色ばんだ。

「弥助が目を覚ましたのなら、なんで私をすぐに呼んでくれなかった！」

「うるさいわ！　ここは吾の屋敷ぞ！　吾の好きなように振る舞うまで。気に食わぬなら、また廊下に放り出してくれるぞえ！」

「くっ……」

「それよりも吾の話を聞けというのじゃ」

月夜公は、弥助を襲ったのが人間の男であったこと、紅珠にたぶらかされての仕業らしいということを告げた。

千弥はぎりぎりと歯ぎしりした。

「くそ！　どこまでも下劣でこざかしい真似を！」

「吾もそれには同感じゃ。しかし、これではっきりした。紅珠は人間をも使ってくる。このままではいくら結界を築いても、弥助の身は守れまい」

千弥の顔色が火鉢の灰のような色に変じた。大事な養い子がどれほど危険にさらされているのか、一瞬で悟ったのだ。

その顔をじっと見つめながら、月夜公は切り出した。

「そこで思ったのじゃが、千弥よ、弥助をここに残していかぬかえ？」

「ここへ？」

「そうじゃ。この屋敷は妖界にあるゆえ、妖怪の手引きなしでは、人間はここに来ることもできぬ。また、ここにかけてある結界は、吾自らが築き、日々強めているものじゃ。もともと津弓を守るためのものじゃが、人の子が一人増えたとしても、なんら問題はない」

どうじゃと問われ、千弥は即答した。

「ぜひ頼む」

「千にい!」

「おまえは黙っていなさい、弥助」

ぴしりと千弥は厳しい声を放った。

「これまでおまえは、私の心配を心のどこかで笑っていただろう? 心配しすぎだ、大丈夫なのにって。でも、大丈夫じゃなかったじゃないか」

「そ、それは……」

「いいから黙りなさい。今度という今度は、私の言うとおりにしてもらうからね」

弥助の言葉を封じたあと、千弥は月夜公に向き直った。そしてなんと、両手をついて、深々と頭を下げたのだ。

「月夜公にお願いする。弥助を守ってやってほしい。弥助が決して傷つかぬよう、私のかわりに守ってやってください」

「う、うむ」

思いがけない千弥の行動に内心動揺しながらも、月夜公はうなずいた。

「じゃが、弥助だけじゃ。さすがにうぬまでは引き受ける気にはなれぬ」

「かまわない。自分の身は自分で守れる」

「ふん。妖力を失ったものが、何をほざくか」

ここで弥助が悲鳴のような声をあげた。

「そ、そうだよ！　千にいには妖力がないじゃないか！　月夜公、頼むよ。千にいもここに置いてやってよ。人界で紅珠に襲われたら、ひとたまりもないよ！」

「ぴいぴい騒ぐでないわ。ならぬものはならぬ」

「でも！」

「いいんだよ、弥助。おまえが安全なところにいれば、それだけで私の心は救われるんだから」

にっこりと、ようやく千弥が笑った。

「大丈夫。ことが終わったら、すぐに迎えに来るから。その日を待ちわびているよ」

「せ、千にい……絶対無理しちゃだめだよ？　こ、紅珠なんかに殺されちゃだめだからね？」

「殺されるものか。こんなかわいい子を残して死ぬなんて、私にはできない。どんな汚い手を使ってでも生き延びてやるさ」

必ず迎えに来る。また一緒に長屋で暮らそう。

そう約束を交わしたあと、千弥は弥助を月夜公のほうへと押し出した。

「では、弥助を頼む」

「うむ。弥助には津弓の部屋で過ごしてもらう。あそこが一番守られた場所じゃからな」

それにと、月夜公は声を強めた。

「これ以上部屋で一人きりにさせておくと、津弓が本当にへそを曲げてしまいそうじゃからな。こんな小僧でも、いるといないでは大違いであろう」

「……おまえってやつは」

「なんとでも言え。津弓の気が少しでも晴れれば、吾はそれでよいのじゃ。さて、部屋に向かう前に、まずはそのみっともないあざを消さねばな。津弓がそれを見たら、怯えてしまう」

弥助の喉には、大きな手形がくっきりと残っていたのだ。手当てをした医者は、痛んだ気道や臓腑《ぞうふ》を癒すのにかかりきりで、あざのことまでは気が回らなかったのだろう。

薬を取り寄せて塗りつけるのも面倒だったので、月夜公は自分の力を分け与え、手早くあざを消してしまうことにした。

だが、生々しいほどに赤黒いそれに手をあて、わずかな力を流しこんだとたん、弥助の体が魚のように跳ねた。

「うぐっ！　いげげぇっ！」

異様な声をあげ、のたうちまわり始める少年に、月夜公は目を見張った。

「な、なんじゃ！」

「何をした、月夜公！」

「わからん！　いきなり苦しみだして……」

「弥助！」

飛びつこうとする千弥の肩をつかみ、月夜公は後ろへと引き戻した。

「邪魔するな月夜公！　離せ！」

「……黙れ」

「離せと言って……なんだ、この気配は？……何が起きているというんだ？」

月夜公は答えられなかった。苦しむ弥助の体に細い線が浮き上がり始めていたからだ。

血のように赤い糸が、弥助の口元から、両手から広がり、全身に蔦《つた》のように這っていく。

同時に、ねっとりと甘い香りがあふれた。

嗅いだことのある匂いだと、月夜公が気づくよりも先に、千弥が叫んだ。

「紅珠か！」

「そうですよ」

弥助の口から、紅珠の声が滑り出てきた。残酷な愉悦《ゆえつ》に満ちた声音に、月夜公の背筋がぞわりとした。

「貴様……いつから弥助の中に潜んでいた！」

「少し前から……でも、おまえに用はないの、白嵐。今、わたくしが話すべき相手は、雪耶様ただお一人」

弥助を通して、あの女が自分を見ているのを、月夜公は感じた。

「紅珠……今、どこにいる？」

「いつでもあなた様のおそばにおります、雪耶様」

「……弥助に何をした？」

「毒を盛りました」

言葉にならぬ唸り声をあげる千弥を手で押さえつけながら、月夜公は言葉を続けた。

「そんな隙はなかったはずじゃ。毒なれば、この白嵐が気づいたはず」

「ふふふ。盛ったのは、毒ではなく、また一つではございませんから。わたくしの言っている意味が、おわかりになりますか？」

「……累毒《かさねどく》の術か！」

「ええ、そのとおり。さすがは雪耶様」

さも嬉しげに女の声は言う。

「一つ一つは毒を持たぬものも、混じり合い、重なり合えば、猛毒となる。……最初は茸《きのこ》のあやかしを送りこみ、その胞子《ほうし》を弥助に吸わせました。次は、化けあざみのとげを打ちこませ、最後には雲外鏡を操り、錆《さ》びた銅が弥助の肌に吸いこまれるようにいたしました」

茸の胞子。

あざみのとげ。

錆びた銅粉。

いずれも、毒物というほどのものではない。だが、それらは外に出されることなく、弥助の体の中に蓄えられていったのだ。

「……男を送りこんで弥助を襲わせたのは？　どうしてじゃ？」

「ここに来るためでございます。契りと偽って、あの男と血の杯を交わしました。お互いの小指を少し切って、血と血を混ぜ合わせたものを飲み合って。その時から、わたくしの一部はあの男の中にいた。そして、今はこの子の中にいる。わたくしもまた毒の一つ。そして、待っておりました。最後の毒が与えられるのを。それが、雪耶様、あなたの力だったのでございますよ」

楽しげに紅珠の声は笑った。

「お優しいあなたのことだから、きっとこの子供の傷を癒そうと、力をお使いになる。そう信じておりました。ふふふ、嬉しいこと。わたくしの思ったとおりでした」

月夜公の力が加わったことで、ついに術は完成した。弥助の体に蓄えられたものが一つとなり、猛毒となって血の管を駆け巡りだしたのだ。

この子は死ぬと、紅珠ははっきりと告げた。

「毒はじわじわとこの子を殺していくでしょう。この術にはどんな毒消しも効かない。……白嵐」

紅珠の声が一気に冷たく硬くなった。

一方、かつての名を呼ばれ、千弥はぴくっと体をひきつらせた。

「なんだ？　私が首を差し出せば、弥助の命を助けてくれるとでも言うのか？」

「いいえ。それでは簡単すぎてつまらないでしょう？　だから、もっといいことを教えてあげる。毒を消す方法は二つ。一つは、術者であるわたくしを殺すこと。もう一つは、雪耶様を殺すこと。雪耶様が生きている限り、この子の体に入った力も生き続け、毒を勢いづかせるから」

「おまえ……正気なのか？」

憎んでいる男に、自分が愛している男を殺せと、けしかける。これが逆であれば、まだ理解できようものを。

だが、紅珠はぴしゃりと言った。

「わたくしが正気であろうとなかろうと、それはおまえには関わりのないことです。言っておくけれど、ここにいるのはわたくしの影。わたくしの本体は別のところにいる。捜している間に時は尽きる。……おまえに残された方法は一つだと知りなさい」

では、と紅珠の声がふたたび甘く潤《うる》んだ。

「雪耶様、じきにおそばにまいります。その時を楽しみにしておりますよ」

「待て！」

だが、紅珠の声はそこで途絶え、部屋にあふれた生々しい気配も匂いもかき消えた。

そして、弥助は倒れていた。すでに気を失い、体はぴくりとも動かない。赤く輝く筋がどんどん肌に浮き上がり、広がっていくばかりだ。

我に返るなり、月夜公は叫んだ。

「誰か！　誰かおるか！」

すぐさま小者がやってきた。

「ご用でございまするか、我が君？」

「医師を呼べ！　氷使いもじゃ！」

「こ、氷使いでございますか？」

「そうじゃ！　こうなっては、吾が力を振るうことはできぬ。体を冷やし、血の流れを食い止め、少しでも毒の巡りを遅くせねば！」

慌ただしく命じたところで、月夜公ははっとした。

静かだ。静かすぎる。

振り向き、愕然とした。

そこにいるのは、毒に冒された弥助だけだった。

千弥の姿は消えていたのである。

八

千弥は、音もなく部屋をすべり出た。気配を消したまま、長い廊下を歩く。

そうして月夜公の屋敷の外へと抜け出たところで、静かに一つの名を呼んだ。

その呼びかけは、すぐに応じられた。ふわりと、一人の女童《めのわらわ》が現れたのだ。

白い着物の上に羽織った打ち掛けは、夏にふさわしく、涼しげな青と銀の青海波《せいがいは》。新雪のごとく輝く長い髪も、鮮やかに輝く蜜《みつ》色の目も、よく映える。形のよい耳には、瑠璃《るり》の珠《たま》をあしらった絢《あや》な銀細工の耳飾りをつけており、それがまたよく似合っている。

強すぎる妖気を陽炎《かげろう》のようにたちのぼらせながら、大妖、王蜜《おうみつ》の君《きみ》は愛らしく微笑《ほほえ》んだ。

「どうしたのじゃ、白嵐？　そなたがわらわを呼ぶとは」

「人界と違って、この妖界でなら、私の声でもおまえに届くからね」

「そういうことを言うているのではない。……何が望みじゃ？」

ずばりと核心を突いてくる王蜜の君に、千弥はかすかに口の端をつりあげた。

「話が早くて助かる。望みは二つ。叶えてくれれば、おまえには極上の魂をくれてやる。おまえでさえもど肝を抜かれるような魂を」

「その言葉に偽りはないじゃろうな?」

「おまえに嘘をつくほど、私も愚かではないよ」

「いや、愚かじゃ」

王蜜の君は意外なほど鋭く言った。

「わらわにはわかるぞえ。そなた、とんでもなく愚かな真似をしでかすつもりであろう?」

「そんなことはおまえには関係ないだろう? 私の話を聞くのか聞かないのか、どっちなんだい?」

「聞こうではないか」

おもしろそうじゃからなと、悪びれもせずに答える王蜜の君に、千弥は自分の望み、やろうとしていることを告げた。

報酬のことまで聞き終えてから、王蜜の君はあきれたように目を細めた。

「……本気でそれをやるつもりかえ?」

「他に方法があるならば、私もそうしよう。だが、今はこれしか手はない。策を練る暇すら惜しいんだよ」

「……とことん不器用で悲しいあやかしじゃな、そなたも」

どこか愛《いと》しさをこめた声でつぶやいたあと、王蜜の君はにっと笑った。

「よかろう。手を貸してやろうではないか」

そう言って、王蜜の君は小さな白い手を差し出した。

その手を千弥が握ったとたん、二人の姿はその場からかき消え、次の瞬間にはまったく違う場所に降り立っていた。

そこは深い山の中で、二人の目の前には大きな洞窟があった。大きく開かれた口のような洞窟で、奥には闇が広がっている。闇からは、湿った苔《こけ》と岩を伝わる水の匂いがした。

そして、それ以外の匂いも……。

「中には私一人で行くよ」

「それがよかろう。足止めはわらわにまかせよ」

「すまない」

王蜜の君の手を離し、千弥は一人、洞窟の中へと入っていった。

あちこちから、ぽたんぽたんと、水のしたたる音がした。足元の岩や石は濡れていたが、千弥は足を滑らせることもなく進んでいった。

そうして辿り着いた先には、小石を集めて作られた巣があった。

巣の中央には、丸い銀色の卵のようなものがあった。月の雫《しずく》のごとく淡く輝いている。不思議なことに、千弥が近づくにつれ、その光はいっそう強まっていく。

あと五歩ほどで手が届くというところまで来た時だ。

ふわっと、銀の玉から風が吹いた。

風は見る間に形を整え、一羽の大きな鳥となった。灰とも銀とも言えぬ不思議な羽をまとった鳥は、〝母〟の顔を持っていた。のぞきこめば、誰もがそこに母親の面影を見る。優しく穏やかで、美醜を超えた温かさに満ちた〝母〟の顔を。

だが、千弥は別だ。たとえ、目が見えたとしても、親を持たずに生まれてきた千弥には、この鳥の顔はただの女としか映らないことだろう。

「うぶめ」

千弥の呼びかけに、人面の鳥は悲しげに顔を上げた。

「千弥殿……もはやお目にかかることはないと思っておりました」

「私もできればそうしたかったよ。だが、そうもいかなくなった。単刀直入に言う。おまえにくれてやったその目玉を返しておくれ」

かつて、弥助は不注意から妖怪うぶめの巣であった石を破壊してしまった。その不始末を償《つぐな》うため、千弥は妖怪奉行所に取りあげられていた自分の目玉を、うぶめに差し出すことを決めた。力の源《みなもと》である目玉を、新たな巣として使ってくれと。

子を守ることにかけては絶大な力を持つうぶめだが、他のことではははなはだ力は弱く、自らを守ることもままならない。その身を守る巣として、千弥の目玉ほどふさわしいものは他になかった。

同時にそれは、千弥が永久に目玉を手放すということ、二度と大妖には戻れないことを意味した。

それを覚悟の上で、千弥は契約を交わしたのだ。

今更目玉を取り戻そうとするなど、どんな理由があれ、許されぬことであった。

うぶめは怯えた声でささやいた。

「それは禁じられたことです」

「わかっている。だが、返せと言っても、ほんの一時だけのことだ。ほんの一時だけでいいんだよ」

「いけません。それは……許されません。あなたは二度と目玉を手にしてはならない。そういう約束です。私が返してさしあげたくとも、約束を違えれば、あなたは代償を払うことになる。とてつもなく大きな代償を」

「どんな代償を払おうとかまわない」

千弥の頭の中にあるのは、弥助のことだけだった。

あの女は真実を語ったと、千弥は直感していた。

弥助の命を救う方法は二つあると、紅珠は言った。一つは、術をかけた紅珠本人を殺すこと。だが、月夜公達が目の色を変えて捜しているのに、紅珠はいまだ見つからずにいる。巧妙に身を隠している女を見つけ出すのは無理だ。となれば、残った手段はもう一つのほうしかない。

すぐさま決意し、月夜公の屋敷を抜け出したのだ。

あの子を失いたくない。失えない。だから必ず助ける。

弥助の命を救うためならば、どんな禁忌にも触れる覚悟があった。

千弥は一歩、うぶめに近づいた。

「おまえを傷つけたいとは思っていない。だが、だめというなら、力ずくで奪うまでだ。……時がないんだ。渡してくれ。頼む」

「……きっと苦しむことになります」

「平気さ。今ほどの苦しみはないだろうから」

うぶめははっとしたように身を震わせ、静かに涙をこぼしだした。だが、それ以上は何も言わず、そっと巣から離れたのだ。

千弥は前に進んだ。

手を伸ばした先では、目玉がぎらぎらと光りだしていた。まるで、真の主を待ちわびていたかのように……。


洞窟の外では、烏天狗達《からすてんぐ》が集まっていた。地上にも空中にも身を置き、武装した姿で、洞窟の周りを取り囲んでいる。まさに蟻《あり》一匹逃さぬ構えだ。

それを率いるのは、月夜公だ。太刀を腰に提げ、漆黒《しっこく》の甲冑《かっちゅう》をまとった姿ですら、華麗《かれい》に見える。だが、その顔は苦り切っていた。

なぜなら、彼らの前には王蜜の君が立ちふさがっていたからだ。

楽しげに笑っている猫の姫を、月夜公は射殺さんばかりの目でねめつけた。

「そこをのけ、王蜜の君！　いくらそなたでも、邪魔立ては許さぬぞ！」

「申し訳ないが、月夜公、それはできぬよ。邪魔をするようにと、頼まれてしまったからの」

「白嵐にか？」

「言わずと知れておろう？　ともかく、白嵐が出てくるまで待つことじゃ。それまでは一歩たりとも中には近づけさせぬ。わらわはそれなりに約束を守る女子なのでな」

「うぬぬ！」

月夜公は思わず太刀の柄を握った。怒りと焦りで、目の前にいるもの全てが赤く染まって見えた。

「邪魔立てするなら、そなたでも容赦せぬぞ！」

「……それは本気で言うておるのかえ？」

ちらりと、王蜜の君が本気の顔をのぞかせた。戦うことを楽しむ、残忍な猫の顔だ。一瞬気配まで剣呑《けんのん》なものとなり、そのすさまじさに烏天狗達の陣がゆらいだ。

「わらわもそなたも大妖と言われるもの同士。ぶつかりあえば、どのようなことになるか、わかったものではない。まあ、それはそれで楽しめようが……じゃが、あいにくとそなたが戦うべきは、わらわではあるまい？」

「ぬぅ……」

「ここでわらわと遊んで、力を無駄遣いせぬことじゃ。じきに……」

その時、ずんと、大気が震えた。その場に満ちていた気配が一気に変わる。若い烏天狗の中には、小さな悲鳴をあげたものすらいた。

強大な何かが、洞窟の中で目覚めたのだ。

ふっと、王蜜の君が肩の力を抜いた。

「終わったようじゃのぅ」

「そのようだ」

太刀の柄をいっそう強く握りしめながら、月夜公はうめくがごとくつぶやいた。その月夜公に、動揺した烏天狗がささやきかけた。

「つ、月夜公様……」

「皆、その場を動くな！　陣を崩すでない！　やつを逃してはならぬ！」

「はっ！」

そうして、その場にいるもの全てが、洞窟の入り口を見つめた。

と、ぱりぱりっと、青白い光が奥の闇に見えた。

きらめいているのは、春雷にも似た小さな稲妻《いなずま》だ。小蛇のようなそれを体にまとわりつかせ、人型のあやかしがゆっくりと姿を現した。

美しい男だった。月夜公の研ぎ澄まされた端麗《たんれい》な美とはまた違う、匂い立つような華《はな》と艶《つや》がある。しかも、その美しさは強さでもあった。のびやかな手足の指先にいたるまで、力に満ちている。

剃りあげていたはずの頭も、今は長い髪で覆われていた。鮮やかで深い紅色の髪だ。その髪が生き物のようにうねっているのは、周りで小さなつむじ風が渦巻いているせいだ。

頭を守る狼の群れのように、男に従っている。

春雷をまとい、逆巻く疾風《しっぷう》を従えた大妖、白嵐の姿は、恐ろしくもぞっとするほど美しかった。

誰もが目を奪われ、圧倒された。月夜公すらも……。

長めの前髪で目元を隠しながら、白嵐はゆっくりと歩いてきた。まず声をかけたのは、王蜜の君にだった。

「悪かったな、王蜜の君」

「ふふふ。ふたたびその姿を見られるとは思わなかったぞえ、白嵐。やはりそなたはその姿のほうが美しいのぅ」

賛辞の言葉を無視し、白嵐は月夜公のほうを向いた。

「ここまで来てくれたか。ありがたい。出向く手間がはぶけた」

感情のない声音に、月夜公は耳の中をかきむしられるような不快さを感じた。

「白嵐！　貴様、自分が何をしているのか、わかっておるのか！」

「むろん、わかっている。これから何をするべきかも。……悪いが、雪耶、死んでくれ」

白嵐は淡々と言った。

「あんな女の策に踊らされるのは悔しいが、なにより大事なのは弥助だ。おまえの命で、弥助の命を買わせてもらう」

「……貴様、正気か？」

「このうえもなく正気だよ。……うぶめには話をつけて、目玉を返してもらった。さすがに妖力をなくしたままでは、おまえは殺せないからね。心配するな。ことがすめば、目玉はうぶめに返す」

「うぬに吾《われ》を倒せるものか！」

「できるよ。弥助のためだ」

あの子のためなら、なんでもできる。

そうつぶやいた白嵐の姿が消えた。

月夜公はとっさに太刀を引き抜き、目の前に構えた。

次の瞬間、がちんと、長く鋭いものが太刀に食い止められた。それは白嵐の指だった。

一瞬にして間合いをつめ、月夜公に一撃を見舞ってきたのだ。

その白い指先には、鋼《はがね》色の長い爪がはえていた。薄いが強靭《きょうじん》で、刃のように鋭い。だが、それよりも鋭いのは、白嵐から放たれる殺気だ。

相手は本気で自分を殺そうとしている。

びりびりと、体が痺《しび》れるような殺気を受け、月夜公の心も決まった。

「……そうか。覚悟はできているか」

「ああ」

「……吾は死ぬつもりはないぞ。吾にも津弓がおる」

そう言いざまに、月夜公は尾を振るった。三本の太く長い尾が流星のごとく白嵐の脇腹を狙う。

それを避けるために飛びすさる白嵐に、今度は月夜公が肉迫していった。それこそ目にもとまらぬ速さで、二度、三度と、太刀を振るう。

だが、その全てを白嵐はかわし、身にまとっていた稲妻を放った。突然の閃光《せんこう》を受けひるみかける月夜公の肩に、白嵐の爪が向かう。

これまたかろうじてかわした月夜公であったが、その肩当てには長く深い傷ができた。防具がなかったら、間違いなく肩から胸にかけて、血が噴き出していただろう。

この戦いぶりに、周りを囲む烏天狗達は絶句していた。

わずかな間に、二度も月夜公が追いつめられるところを見るとは。これは夢か幻か。とても現《うつつ》のこととは思えない。

見ていられず、少しでも加勢しようと、動きかける烏天狗もいた。だが、すぐに金縛りに襲われた。

「動くでない」

「お、王蜜の君！」

影を操り、烏天狗達をその場に縫いとめながら、猫の姫は静かに言った。

「あの二人の邪魔をしてはならぬ」

「し、しかし……」

「いいから、おとなしく見ておれ。そなたらが飛びこんでいったところで、何も変わらぬ。むしろ、二人が放つ妖気に体をずたずたにされるだけじゃ。見よ」

王蜜の君は天を指差した。

そこには、にわかに雲が立ちこめ始めていた。鉄錆《てつさび》のような臭いをふりまきながら、黒く濃く渦を巻いていく。

大妖達の殺気が大気に放たれ、妖雲と化していっているのだ。

「わらわが結界を張っておらねば、そなたらもわらわも、今頃遠くに弾き飛ばされておるわ。もう一度だけ言う。今のあの二人には、決して近づいてはならぬのじゃ」

厳しく言ったあと、王蜜の君は金の目を細めて二人を見た。

「なんともすさまじいことよ。……じゃが、じきに決着はつくであろうよ。白嵐は長引かせるつもりはないようじゃからな」

一方、周囲のざわめきやまなざしなど、戦い合う大妖達にはなんの意味も持たなかった。目に映るのは互いの姿だけ。聞こえるのは、互いの荒い息だけだ。

すでに、どちらの衣もずたずたで、あらわとなった肌には無数の傷ができていた。本来なら、ほんの少し気を回せば、そんな傷は瞬時に癒せる。だが、二人とも、そうしようとはしなかった。その一瞬の隙が命取りとなってしまうからだ。

内心、月夜公は歯噛みしていた。

疾風のような身のこなし、思いもよらぬところでくりだしてくる攻撃に、ここまで手こずらされるとは。しかも、さらに不快なことに、白嵐はまだ本気を出してはいない。

月夜公は相手を睨《にら》みつけた。前髪で目元を隠したままの、かつての友を。

「なぜ目を使わぬ？」

初めて白嵐が動揺したようだった。ぴくりとその体が震える。そこへ月夜公はたたみかけた。

「うぬの目は邪眼《じゃがん》。その目で吾を捕らえれば、吾はうぬの意のままになる。その上で、吾に死ねと命じればよいではないか」

「……それだけはしたくない」

「吾を殺そうとするものが、いまさら何を恐れる？」

「おまえの命は奪いたいが、魂まで奪いたいとは思わない」

「何を甘いことを！　うぬぼれるな！」

激怒し、月夜公は太刀を振るった。怒りのこもった一撃は、すさまじい音を立てながら空気を切り裂き、白嵐の脳天めがけて落ちていく。

邪眼のことを言われ、虚《きょ》を衝かれたのだろう。白嵐の動きがわずかに遅れた。

異様な音が立ち、ばっと、血しぶきがあがった。

白嵐の左腕が肩から切り飛ばされたのだ。

とった。

月夜公は勝利を確信した。

いかな白嵐であろうと、この深手は無視できまい。できれば殺さずに捕らえたい。

そんな甘さが、油断を呼んだ。

白嵐は思いもよらぬ動きをとった。深手にひるむ様子も見せず、ぐっと月夜公に身を寄せ、その右のこぶしを月夜公の胸に突きこんだのだ。

その瞬間、彼の全身にまとわりついていた青白い稲妻が、蛇のように這い進み、一つとなって月夜公の体に注ぎこまれた。

直後に起きた落雷のごとき轟音《ごうおん》と閃光は、その場の全てを覆い尽くした。

王蜜の君の結界ですら、その衝撃を防ぎきれなかった。烏天狗達は大波のような風を受け、くるくると木の葉のように空中を舞う羽目となった。

ようやく体勢を立て直し、前を向いた烏天狗達は文字どおり言葉を失った。

白嵐と月夜公はまだ立っていた。だが、月夜公の甲冑の胸元には大きな穴があき、そこからぼたぼたと血がしたたっていた。肉片まじりの重たい血が、二人の足元を赤く染めあげている。

「この、お、愚か者め……」

目を見張ったまま、月夜公はどおっと倒れた。

それを見下ろす白嵐の顔は、紙のように白かった。切り落とされた腕を拾うこともせず、いまだ血が噴き出している肩をおさえることもせず、ただただ無表情に月夜公を見つめ続ける。

「終わったな」

つぶやいたのは、白嵐か、それとも王蜜の君か。

ともかく、そのつぶやきに烏天狗達は我に返った。

「つ、月夜公様！」

「おのれ、白嵐！」

「よくも！」

恐怖と憤怒におののきながら、烏天狗達は怒濤《どとう》のごとく二人のもとに向かおうとした。

彼らを縛る力は消えていた。結界も、さきほどの衝撃で壊れてしまっている。決着がついた以上、王蜜の君ももはや邪魔立てする気はないようだった。

だが、邪魔は思わぬところからやってきた。

上空に立ちこめていた黒雲から、にわかに大きな稲妻が落ちてきたのだ。

稲妻は地上に落ちる前に、巨大な獣の姿に変わった。虎に似た金色の獣だが、全身は毛ではなく鱗《うろこ》に覆われ、たてがみと尾は白い火花を散らす炎だ。

その背には女が乗っていた。女の目は深紅に燃えていた。

「紅珠！」

誰かが叫んだ時には、すでに獣は地上に降り立っていた。紅珠に操られ、鬼灯《ほおずき》よりも赤く染まった目が、白嵐へと向けられる。その口が大きく開いた次の瞬間、すさまじい雷撃が放たれた。

よけきれず、白嵐は後ろに吹き飛ばされた。

そしてその時には、紅珠は月夜公の体を獣の背に引っ張り上げていたのだ。

勝ち誇った笑みを浮かべ、紅珠は獣の体を叩いた。獣はすぐさま空へ駆けあがった。

聞く者を戦慄させるような哄笑《こうしょう》を響かせながら、紅珠は月夜公の亡骸《なきがら》をしっかと抱え、獣と共に黒雲の中へと消えていった。

九

やった。ついにやった。

手懐《てなず》けた雷獣《らいじゅう》の背の上で、紅珠は月夜公の体をしっかりと抱きしめていた。

笑いがこぼれてしかたなかった。ほしいものを手に入れた喜びはあまりに大きく、涙もあふれてくる。

血にまみれ、傷ついていても、月夜公は美しく見えた。なによりこうして自分の腕の中にいる。手に入れた以上は決して手放すまい。

追っ手のことは心配していなかった。烏天狗《からすてんぐ》ごときが雷獣に追いつけるはずもないからだ。

紅珠はうっとりと月夜公を見つめ、その手に自分の指をからめた。思い描いていたとおり、月夜公の肌はひんやりと冷たく、磨《みが》かれた玉のように滑らかだった。

「あ、あああ……ああ」

思わず愉悦《ゆえつ》の声がもれてしまった。

こうして手を握り合うことを、どれほど夢見てきたことか。やはり月夜公には死んでもらってよかったと、つくづくと思った。

月夜公が五体満足でいる限り、紅珠は決して手を出せない。触れられない。それならば、いっそ死んでいてもかまわない。ずっとそばに置き、触れられるのであれば、骸《むくろ》であってもかまわない。

遊郭《ゆうかく》に身を潜めているうちに、そういう考えに行きついたのだ。

だが、月夜公を倒せるほどのあやかしは、かつての白嵐か王蜜の君くらいだ。そして、王蜜の君は気まぐれすぎるがゆえに、付け入る隙がなかった。

操るならば、白嵐しかいない。

白嵐を苦しめつつ、最終的には月夜公を仕留めるように仕向ける策を、紅珠は練り上げた。そのために弥助を狙ったのだ。

白嵐はおもしろいほどこちらの思いどおりに動いてくれた。愛《いと》しい者を守ろうとする必死な姿には、本当に楽しませてもらった。

そして、ついに累毒《かさねどく》の術は完成し、白嵐は月夜公に牙を剝いたわけだ。

二人の戦いぶりを、紅珠は妖雲の中から密かに見ていた。正直、あまりのすさまじさに体が震えた。もしも月夜公が勝ってしまったらどうしようかと、気を揉みもした。

だが、やはり追いつめられた白嵐のほうが強かったらしい。

月夜公が倒れるのを見た時、紅珠は今だと思った。手に入れるには今しかない。だから、雷獣に命じて、地上に飛び降りていったのだ。

白嵐はどうしただろうと、紅珠はふと思った。

あれほどの深手を負っていたところに、雷撃を食らったのだ。まず生きてはいないと思うが。

もし死んでいなければ、ほとぼりが冷めた頃にまた会いに行こうと、にんまりと笑った。

累毒の術のことでは、紅珠は嘘をついていない。弥助の中の毒を消すには、月夜公か自分が死ぬしか方法はない。そして、月夜公が死んだことで、弥助の毒もまた死んだはず。元気になった弥助と共に、白嵐は「もう大丈夫だ」と安心しきって暮らすことだろう。

そこを襲ってやろう。

白嵐の目の前で、今度こそ弥助を引き裂いてやろう。

その時の白嵐の驚愕と絶望を思うと、心がときめいた。

だが、それはまだ先の話だ。当分の間は、やっと手に入れられた愛しい男と二人きりで過ごしたい。

「あなた……我が背の君……」

白嵐のことを頭から消し去り、紅珠は腕の中の月夜公を見つめた。こうして骸になった相手を見ても、慕わしさや愛しさは薄れることはない。むしろ、自分のものになったという喜びで、いっそう愛しく思える。

幸せに酔いしれながら、紅珠は月夜公の手の甲にそっと口づけた。こびりついていた血をそっと舐《な》め上げる。

白い肌が現れるのを見て、ますます満足した。

汚れや醜い傷は、月夜公にはふさわしくない。あってはならぬものだ。一つ一つ、舐め取っていこう。磨かれた銀のようにきれいな体に戻し、その上で決して腐らぬよう、傷つかぬよう、術をかけるとしよう。

「美しい美しい、わたくしだけのお人形……」

このぼろぼろの甲冑《かっちゅう》もあとで脱がせてしまおう。血で重たくなった衣もだ。紅珠の人形に武骨な甲冑など似合わないのだから。着せるなら、透けるように薄い絹衣がいい。衣の上から触れても、肌の感触が楽しめて心地よいことだろう。

そんなことを楽しく思い浮かべながら、紅珠は傷を消しにかかった。

月夜公の体にはあまたの傷があったが、特に気に入らないものから始めることにした。

般若《はんにゃ》の面をはずすと、それは現れた。

白くなった三本の古傷。かつて白嵐がつけたもの。

月夜公がその気になれば、きれいに消してしまえたはずだ。だが、月夜公はそうしなかった。誰にも見られないよう、半割の面で隠したまま、ずっと取っておいたのだ。まるで大切な友との思い出にするかのように。

憎らしいと、紅珠はぎりっと奥歯を噛んだ。

これは白嵐の名残り。一番に消してしまわなければ。

だが、顔を近づけていった紅珠の喉に、がちりと、何かが食いこんだ。強靭《きょうじん》で容赦のない力を加えられ、紅珠は目を剝いた。

「ゆ、ゆ、雪耶様……」

月夜公がこちらを見ていた。真冬の三日月のように凍てついた光を目に宿し、紅珠をねめつけている。

触れるなと、月夜公は静かに言った。

「うぬごときが触れてよい傷ではない」

紅珠の危機を感じ取ったのか、雷獣が突然大きく跳ねた。炎のたてがみを弾けさせ、月夜公を振り落とさんと暴れ回る。

だが、月夜公は紅珠を離さなかった。そうするかわりに、もう一方の手で、雷獣の首元を殴りつけた。たいして力のこもらぬような一撃に、雷獣は痺《しび》れたように身をこわばらせ、動かなくなった。

「じきに術は解いてやる。それまでおとなしくしておれ」

冷ややかに獣に言う月夜公に、紅珠はようやく我に返った。

生きている。月夜公は死んでいなかったのだ。

だが、そうとわかっても、もはや身動きがとれなくなっていた。月夜公の手は、紅珠の喉をしっかりと捕らえていたのだ。

「な、なぜ……」

「白嵐はうぬの考えを読んだのじゃ」

吐き捨てるがごとく、月夜公は言った。

「うぬが求めているものがなんであるかを、やつは知った。じゃから吾《われ》をわざと怒らせ、本気で殺し合いをさせたのじゃ。うぬがどこかから見ていることを考え、手を抜かずに戦い合うようにとな」

「み、見たのに。血が……胸から血が……」

「あの血は白嵐のものじゃ」

月夜公の胸元にこぶしを突き入れるのと同時に、白嵐は自分のその手を爆《は》ぜさせたのだ。目くらましのために、派手に閃光《せんこう》も弾けさせた。

「死んだふりをしろ。女が来るぞ」

白嵐のささやきが轟音《ごうおん》の中から聞こえた。その時になってようやく月夜公は、白嵐が何を考えているのか、何が狙いなのかを悟った。

なぜもっと早く！

自分の鈍さに歯噛みしながら、力尽きたふりをしたのだ。

はたして、決着がついたと見るや、紅珠は現れた。そのあとのことは月夜公にとっては拷問に等しかった。雷獣の背の上で、忌まわしい女に撫でさすられて。

それでも必死で耐えていたのだが、顔の傷に触れられそうになり、ついに我慢も限界に達した。

ともかく、ようやく紅珠を捕らえられたのだ。勝利の喜びよりも安堵のほうが大きかった。

もう二度とこの女にわずらわされたくない。このまま喉をひねりつぶしてやりたい。

強い切望に、思わず手に力が入った。たちまち紅珠の白い顔が赤黒くなる。

だが、紅珠は挑むように月夜公を見返した。その赤い目は燃えていた。

「殺してくださいませ！」

苦しい息の中、勝ち誇ったように紅珠は叫んだ。

「殺されても、わたくしは滅びませぬ。執念を持つ魂は、また蘇《よみがえ》るもの。わたくしの魂は何かに依《よ》りつき、必ずやあなたのもとに戻るでしょう。魂は滅びぬもの。必ず、今度こそあなたの気に入るような器に宿ってみせます！　例えば、そう、あなたの甥御に憑いてみせましょう！」

ぐっと、ひるんだ顔をする月夜公を見て、紅珠は勝ったと思った。

そうだ。月夜公を手に入れるためならば、この体でいる必要はない。別の体を手に入れ、気に入られるようにすればいい。

自分の魂が蘇ることを、紅珠は疑っていなかった。何度死ぬことがあっても、自分は変わらない。永久に月夜公を愛する女であり続ける。ああ、なんとすばらしい。なんと甘美なことだろう。

紅珠がうっとりと目を閉じかけた時だ。

「そうはさせぬよ」

甘い声が響くと同時に、何か柔らかなものが紅珠の背中に触れた。

動けぬ紅珠は目だけで後ろを見た。そこにあったのは、輝く蜜《みつ》色の瞳であった。

「うっ！」

「ようやく追いついたぞえ、紅珠」

ぴったりと、紅珠の背中にはりつくようにしながら、王蜜の君が微笑《ほほえ》んでいた。その微笑みの、なんと無邪気で残酷なことか。動けぬ獲物を前にして、目を輝かせている猫そのものだ。

ぐるぐると喉を鳴らさんばかりの王蜜の君を、月夜公は一喝した。

「遅いぞ！」

「すまぬ。まさか雷獣にまたがって逃げるとは思っていなかったゆえ。追いつくのに、さすがに苦労したわえ」

くたびれたと言いながら、王蜜の君はひどく満足そうだった。紅珠の髪を愛しげに撫でる。

「白嵐が教えてくれたのじゃ。紅珠なる女の魂は、あやかしでありながらひどく歪《ゆが》んでいるとな。わらわ好みの魂であるはずゆえ、手に入れてみてはどうかと。わらわは本来、人間の魂にしか興味はないが、それほど異質なあやかしの魂であれば、うむ、手に入れてみたいと思うての」

「い、いや、さ、触らないで！」

「そう怖がるでない。そなたの魂であれば、申し分なさそうじゃ。ふふ。わらわはよい主じゃぞ。大切にしてやろう。こんなつれない男よりもずっとずっと大切に愛でてやろうではないか」

紅珠の体を恐怖が貫いた。

魂を捕らえられたら、それで終わりだ。ふたたび月夜公のもとには戻れなくなってしまう。

危機を覚え、初めて死に物狂いでもがいた。だが、自分の首をつかむ月夜公の手はびくともしなかった。

その月夜公はというと、苛立ったように王蜜の君に目を向けた。

「おしゃべりはもういい。やるぞ。よいか?」

「よいぞえ」

王蜜の君の声があまりに甘かったので、紅珠は思わずそちらを見てしまった。

しまったと思った。

これが最後となるなら、愛しい月夜公を目に焼きつけるべきなのに。

慌てて目を戻そうとしたが、かなわなかった。その時、月夜公が手に力をこめたのだ。

紅珠の首が砕けるのと同時に、王蜜の君は紅珠の背中に手を差し入れた。そうして、ゆっくりと引き戻した手の中には、珠《たま》が一つ、握られていた。

べっとりとした紅色の珠だった。芯のほうまでひたすら紅く、血を流すような暁《あかつき》の空よりもなお暗く、見つめているとこちらの瞳までが血の色に染まりそうに思えてくる。

そして珠は燃えていた。激しく、とにかく激しく紅蓮《ぐれん》の焔《ほのお》をふきあげている。息苦しくなるような情念の焔だ。

このような形になっても、本能的に愛しい男の居所がわかるのだろう。紅い焔は月夜公のほうに向けて、めらめらとした炎の舌を伸ばしてきた。

ぞっとして月夜公は一歩あとずさりをした。

「これが……この女の魂か」

「そうじゃ。ほれ、見よ。なんと業の深い色味をしていることか」

美しいと、王蜜の君は吐息をついた。

「惚れ惚れするような魂よ。まさにわらわ好みじゃ」

「……そなたは人間の悪党ばかりを狙うと聞いていたがな。あやかしの魂は好みではなかったはずじゃ。違うか？」

「そのとおりじゃ」

王蜜の君は無邪気にうなずいてみせた。

「善なる人やあやかしの魂は似ていてのぅ、どちらも澄みすぎていて面白みに欠ける。透けそうなほどに淡い色合いも、好きではない。あまりにもはかなく弱々しいのじゃもの。なんといっても、人間の悪党のが一番じゃ。毒々しい色合いも、力強く焔をあげる様も、芯まで濁《にご》ったところも、何もかもがわらわの好みに合うのじゃ」

これまではそう思うていたと、王蜜の君は愛しげに紅い珠を撫でた。

「じゃが、こたびの一件で、見識が広がったのぅ。まさか、心を狂わせたあやかしの魂が、これほどまでに禍々《まがまが》しい濁りをたたえているとは思わなんだ。ふふふ。これは白嵐に礼を言わねばならぬのぅ」

白嵐。

月夜公ははっとした。

紅珠をおびきよせる作戦ということがわからず、思わず本気で白嵐の腕を切り飛ばしてしまった。そこに雷獣の一撃まで食らったのだ。いかに大妖と言えども、無事ではすむまい。

下手《へた》をしたらと、月夜公は青くなった。

「あやつは生きておるのか？」

「ん？　まあ、死んではおるまいよ」

それほど気にした様子もなく、王蜜の君はほがらかに答えた。その目は手で転がす珠から片時も離れない。

「そなたの烏天狗どもを叱りつけて、やつの手当てをするように言いつけておいたからの。それに、あの白嵐のことじゃ。弥助の無事を確かめるまでは、しぶとく生にしがみつくはずじゃ」

「そ、そうじゃな」

「まあ、それほど心配なら、早く行ってやるがよい。そなたが手当てをしてやったほうが、白嵐の傷も早く癒えようよ」

王蜜の君の言葉にも声にも、からかうような含みがあった。

癪《しゃく》に障りはしたものの、月夜公は白嵐のもとに向かうことにした。だが、最後に一言、釘を刺しておくのは忘れなかった。

「言っておくが、王蜜の君、くれぐれも紅珠の魂の扱いには気をつけてほしい。飽きたからといって、放り出したり、どこぞに投げ捨てたりしないでくれ。転生でもされたら、また同じことになる」

「その心配は無用じゃ。わらわは気に入った魂は決して手放さぬ」

にっと、王蜜の君が笑った。獲物を仕留めた猫の笑みだった。

紅い焔が悲鳴をあげるかのようにちらつくのを一瞥《いちべつ》してから、月夜公はその場を立ち去った。

小さな両手が、紅珠の魂をぎゅっと握りこむ。

「これは未来永劫、わらわのものじゃ」


戦いの場に戻ってみたところ、そこでは烏天狗達が途方に暮れた様子をしつつ、白嵐の手当てにあたっていた。

横たえられた白嵐は、気を失ったままだった。その全身が黒く焼け焦げているのは、雷撃をじかに受けたせいだろう。せっかくはえていた髪も失せてしまっている。

その焦げた体に、烏天狗達はせっせと薬を塗りつけていた。切り飛ばされた腕も、数人がかりで縫いつけにかかっている。

戻ってきた月夜公を見るなり、烏天狗達は目を見張った。

「つ、月夜公！」

「生きておられたので？」

「ご、ご無事でございまするか？」

「吾はこのとおりじゃ。大事ない」

信じられないと、目を白黒させている烏天狗達に、月夜公は慌ただしく尋ねた。

「それより白嵐は？　生きておるのか？」

「は、はい。このようなありさまではありますが、恐らく、死ぬことはないかと」

「そうか。……ふん。しぶといやつじゃ。塗っているのは河童《かっぱ》の膏薬《こうやく》か？」

「は、はい。あの、も、申し訳ございませぬ。王蜜の君に、白嵐の手当てをするように言われてしまいまして。あの、そうしないと、そなたらの主に厳しく責められることになるじゃろうと、言われて、つい……」

「あの猫め」

忌々《いまいま》しく舌打ちしたものの、月夜公は不安げな顔をしている烏天狗達にうなずきかけた。

「ようやった。それでよかったのじゃ」

「え？」

「あれは全て芝居であったのよ。吾と白嵐とで企て、一芝居打ったのじゃ。そうでないと紅珠を引きずり出せぬと思うての策よ」

「で、では紅珠は？」

「あの女のことはもう心配いらぬ。ここはもうよいから、急いで各地に散っている烏天狗達に知らせせよ。もはや捜索は必要なしと。そのあとは各々、家に戻ってゆっくりせよ。

……こたびの皆の働きは見事であった。あとできちんと労をねぎらうぞえ」

「は、はっ！」

「ありがとうございまする！」

家に帰れる。家族に会える。温かい飯を食べられる。

そんな喜びに沸きかえりながら、烏天狗達はいっせいに飛び立っていった。

周りに誰もいなくなったあと、月夜公は白嵐の傍らに膝をつき、黒くひび割れた肌に手をあてた。

力を流しこめば、たちまちのうちに本来の白い肌が戻ってきた。縫いつけの途中であった腕も、きれいにもとの場所にくっついていく。爆ぜてなくなってしまったもう一方の手も、新たに骨が生え、肉がつき始めた。

ふっと、白嵐が小さく息をついたので、月夜公は顔を背けた。万が一にも、白嵐の目を見ないようにするためだ。

と、白嵐の声が聞こえた。

「紅珠は？」

「捕らえた。もう逃げることも悪事をはたらくこともできぬであろうよ」

「王蜜の君が仕留めたか」

さすがはあの猫だと、くすりと白嵐が笑う気配がした。満足げな笑いは、こうなると予期していたことを物語っていた。

ふたたび忌々しさを覚えながら、月夜公は問うた。

「よく紅珠の狙いがわかったな」

「あの女の本心を逆手にとったまでだ。なぜ私におまえを殺せと言ったか。理由を考えれば、狙いはおのずと見えてきた。……あいつの狙いは、最初からおまえ一人だけだったのさ」

白嵐も、弥助も、おまけにすぎない。本当にほしいのは月夜公ただ一人。

「そうわかったとたん、紅珠が次にどう動くかが読めた。まるで手に取るようにね。……私も、執着では紅珠には負けていないから」

似た者同士なんだろうよと、ほろ苦く笑う白嵐に、月夜公は鼻を鳴らした。

「うぬはあんな女とは似ても似つかぬわ」

「そうか？」

「そうとも。もっと性悪じゃ。よくもこの吾を相手に芝居を打とうなどと考えついたものよ。あらかじめ話してくれていれば、もう少しやりようがあったものを」

おまえの腕を切り落とさずにすんだものをという言葉を、月夜公はすんでのところで呑みこんだ。口に出すと、余計に悔いが広がりそうだったからだ。

　そんな月夜公に、白嵐はかぶりを振った。

「それではだめだったろうよ。あの女は鋭い。罠と嗅ぎつければ、絶対に出てこない。だから誰にも言うわけにはいかなかったのさ」

「王蜜の君には話したくせにか？」

「あの猫は別だよ」

　おもしろくないと、月夜公はますます苛立った。

　一方、白嵐は淡い笑みを浮かべた。

「とにかくよかったよ。これで弥助も助かるだろう」

「ああ。それは間違いあるまい。……起きられるか？」

「なんとか。あと少しすれば、腕も元通りに動くだろうね。だけど、すっかり妖力を使い果たしてしまったよ。最後の雷撃がとりわけ堪えた。すぐにおまえの屋敷に飛びたいところだが、これでは無理だね」

「……吾が運んでやる。じゃが、その前に目玉を渡せ。うぶめに返してやらなくては」

「面倒くさいねえ。あとじゃだめなのかい？」

「だめじゃ。さっさと返して、千弥に戻れ。さもないと、弥助に会わせてはやらぬぞ」

すごみながらも、月夜公はほんの少し嬉しさを感じていた。こうして誰かとぽんぽんと言葉を交わすのは久しぶりだ。なんだか昔に戻った気がした。

そんなふうに思ってしまう自分を、今だけは許してやることにした。

嵐は過ぎ去ったのだから。

十

弥助は深紅の茨《いばら》に捕らわれていた。子供の指ほどもあるとげをはやした茨は、生き物のようにうごめき、弥助の体に蔓《つる》をからませる。

ずぶずぶと、とげが体に食いこんでくる痛みに、弥助は子供のように泣きわめいた。体中が穴だらけだ。

だが、逃げられない。すでに全身に茨はからまってしまっている。

とげから毒が流れこんでくるのか、体が燃えるように熱くなった。肉が、血管が、はらわたが中から焼けただれていく。

頭も猛烈に痛くなった。ばくんばくんと、頭の中で脳みそが脈打っている。そのうち焼き栗のように弾けてしまいそうだ。

苦しい。もうやめてくれ。

そう叫ぶ口にも、するりと、茨の蔓が滑りこんでくる。たちまち舌と喉がずたずたになるのを感じた。

死ぬのだと思った。

血という血を茨に吸われ、かわりに焼けつくような毒を注ぎこまれて、悶《もだ》え死にするのだ。こうも苦しいと、いっそ命を手放して楽になりたいとさえ思うようになってくる。

だが、そうなったら、千にいは？　どんなに悲しむことだろう。

だめだ。千にいを残して逝くわけにはいかない。

絶望的な痛みに泣きながら、弥助はそれでも生にしがみついた。

正気を失いそうなほどの苦しみは、永遠に続くかと思われた。

だが、ふいに茨が消えた。全身に満ちていた燃える毒も、頭痛も、波が引くように消え失せる。

なんだ？　油断させておいて、また一気に襲ってくるつもりなのか？

怯える弥助に、声が届いた。

「弥助。もう大丈夫だからね」

それは暗闇に差しこむ一筋の光明のように、弥助の絶望を癒した。

もう大丈夫。この声はよく知っている。ずっと自分を守ってくれてきた人の声だ。千にいが自分のそばにいるのを感じる。

それが涙が出るくらい嬉しかった。

声のするほうへと、弥助は走った。そうして暗闇から抜け出て、目を覚ましたのだ。

思ったとおり、一番に目に飛びこんできたのは、千弥の顔であった。

「千にい……」

「気がついたね、弥助。どこか痛いところはないかい？」

優しい声で気づかわれ、弥助はそっと体を身震いさせてみた。痛みはなかった。痺《しび》れや重みも、何もない。

「平気。どこも痛くないよ」

「そうか。それならよかった」

心底嬉しそうに千弥は微笑《ほほえ》み、両腕を広げた。その腕の中に弥助は飛びこんだ。照れくさいなどとは微塵《みじん》も思わなかった。

弥助は感じ取っていた。悪夢のなかで自分が味わった苦痛は、恐らく実際にあったのだ。それを千弥が取り除いてくれた。どうやったのかはわからないが、弥助を助けたのは千弥に違いない。

「千にい……ごめん。心配させたよね？」

「ああ。身が削ぎ落とされるように不安だったよ。……でも、おまえが無事ならそれでいいんだ。それだけでいい」

「うん……」

「ほんとにもう苦しくないんだね？」

「うん、平気だよ。……ありがとう」

「おまえを守るのが私の役目だからね」

にっこりと千弥が笑った時だ。津弓を抱いて、月夜公が部屋に入ってきた。

「ふん。弥助は目覚めたか」

「弥助ぇ！　久しぶりだねぇ！　元気だった？」

鼻を鳴らす月夜公と、嬉しそうに手を振ってくる津弓。あいかわらずだなと、弥助は笑った。

一方、千弥は苦々しい顔になった。

「なんだい。せっかく弥助と二人きりだったのに。場が読めない連中だね。邪魔しないでおくれ」

「そういう文句は、自分達の長屋に戻ってから言うのじゃな。何度も言うが、ここは吾《われ》の屋敷ぞ」

たちまち剣呑《けんのん》な空気が満ちていく。これまたあいかわらずな展開だ。

睨《にら》み合う千弥達の気をそらそうと、弥助は大きく声をあげた。

「そう言えば、紅珠は？」

すうっと、その場の空気が冷えていった。千弥も月夜公も互いの存在を忘れたかのように、静かに弥助のほうを向く。

弥助の問いに答えたのは、月夜公であった。

「もうおらぬ」

短い返答には重みがあった。

それ以上聞くなと言われた気がして、弥助はつばと一緒に、色々な疑問を呑みこんでしまうことにした。その上で、あえて明るく言った。

「じゃ、もう大丈夫ってことだね？」

「そういうことじゃ。うぬにかけられた術も全て消えたはずじゃ。これで、安心してもとの暮らしに戻ることができよう。結界ももとのものに戻すゆえ、妖怪達もまた訪ねてくるじゃろう。ということで、とっとと吾が屋敷から去るがよいぞ」

「ええぇ、叔父上、もう弥助を返しちゃうのですか？」

ぷくぅっと、津弓の丸い頬が膨らんだ。

「津弓、弥助と遊びたいです」

「また今度にせよ、津弓。弥助は呪いに蝕まれておったのじゃ。呪いは消えたとはいえ、少し休まねばならぬ。人の子は弱いからの」

「あ、そうか。そうですね。弥助、帰っていいよ。津弓は我慢するから、早く体を治してね」

なんて良い子じゃと、月夜公が感嘆したように津弓に頬ずりした。そうしながら勝ち誇ったように千弥に言った。

「どうじゃ？　うらやましかろう？　吾にはこんなにも優しい甥がいるのじゃぞ。うらやましかろう？」

「全然。私には弥助がいるもの。そんな甘ったれた小僧っ子なんか、目じゃないくらいかわいい子がね」

「……貴様、とっとと出て行け」

「ああ、そうさせてもらうとも。さ、行こう、弥助。早く帰ろう」

こうして、千弥と弥助は慌ただしく太鼓《たいこ》長屋へと戻ったのだ。

だが、そこでもひと騒動が待ち受けていた。

部屋の中には、大家の息子の久蔵がいたのである。

「あっ！　戻ってきたかい！　よかった。弥助、おまえ大丈夫だったかい！」

飛びついてくる久蔵に、弥助は目を見張った。

「久蔵？　なんでここにいるんだ？」

とっくに自宅に帰ったと思っていたのに。

そうつぶやく弥助を、久蔵はくわっと怒鳴りつけた。

「この阿呆《あほう》！　俺はね、おまえが男に首を絞められているのを見たんだよ？　そのあと、おまえと千さんが、あやかしに連れ去られるのも見た。あんなとんでもないことが起きたあとで、誰が帰れるもんか！　おまえ達が戻ってくるまで、てこでもここを動くつもりはなかったよ！」

怒鳴る久蔵の顔を、弥助はまじまじと見返した。相手の頬が青ざめ、いつものふざけた表情も身を潜めているのを見て、なにやらはっとさせられた。

それほど心配してくれたのだ、この男は。戻ってこない弥助達を、気を揉みながら待っていてくれたのだ。

やっとそれがわかり、弥助はもそもそと言った。

「俺を助けてくれたの、やっぱり久蔵だったんだな……」

「ああ、まあね。相手は大男だったから、こっちも死に物狂いだったよ。……しかし、ほんと無事だったんだね。あの野郎に首を絞められているのを見たときゃ、もう死んでるかと思ったほどだよ。助かったあとも、もしや首の骨が折れてるんじゃないかって、冷や冷やしたさ」

「……ありがと」

「ん？　なんだって？　もう一度言ってごらん？」

「……だから、ありがとな。命を助けてくれて」

これは珍しいと、久蔵は目を見張った。

「おまえがちゃんと礼を言うなんて、二年ぶりくらいかい？　うわあ、なんだか薄気味悪いんだか、気分がいいんだか、複雑だねぇ」

身震いする久蔵の手を、千弥ががしりと握りしめた。

「久蔵さん！」

「あ、え、は、はい。なんでしょう？」

「ありがとうございます！　久蔵さんが助けてくれなかったら、弥助はどうなっていたことか。今までずっと、すこぶる救いようのないお調子者だと思っていたけれど、私が間違っていましたよ」

「……それ、褒めてんのかい？」

「もちろんですよ。これからは久蔵さんの誘いにはいつだって応じますから。なんだったら、悪さの手伝いもやりますよ」

「いや、それはいいよ。……なんか調子狂うね。俺、もう帰るよ。そこの小僧が無事だってこともわかったしね」

居心地悪そうに身を丸め、久蔵は戸口へと向かった。だが、出る前に、もう一度千弥達を振り返った。

「そうそう。弥助の首を絞めた野郎だけど、縛りあげて、番屋に突き出しておいたから。何も覚えてないって、ほざいていたけど、なんにしろ、しばらくは牢から出られないだろうね。安心していいと思うよ」

「何から何まで、ほんとにありがとうございます、久蔵さん」

「よしとくれよ。そうていねいに言われると、背筋がぞくぞくしてくる」

ぼやきながら久蔵は帰っていった。

ようやく二人きりとなり、弥助と千弥は微笑み合った。

「静かになったねぇ」

「ほんと久蔵はうるさいやつだからね」

「それじゃ……もう寝てしまおうか。夜も更けたことだしね」

「うん。……あ、ちょっと待って！」

「なんだい？　どうしたんだい？」

たちまち心配そうな声をあげる千弥には答えず、弥助は壁際に近づき、そっと身をかがめた。足元に散らばっているのは、赤いかけらだ。付喪神《つくもがみ》だった鈴の残骸を見ると、悲しさと申し訳なさがこみあげてきた。

「千にい……言う暇がなかったけど、朱狛が……俺を助けようとして、壁に叩きつけられて……砕けちまったんだ」

俺のせいだと、自分を責める弥助の肩に、千弥は優しく手を置いた。

「そのかけら、集めておくといいかもしれないよ」

「え？」

「十郎に渡せば、もしかしたら直せると言ってくれるかもしれない。あの男は、付喪神の修繕もできるはずだから」

「それじゃ、朱狛は蘇《よみがえ》るかもしれないってこと？」

そういうことならと、弥助は大急ぎでかけらを拾い集め始めた。細かなかけらも見逃すまいと、目を皿のようにして探していく。

その意気込みを肌で感じ、優しい子だと、千弥は微笑んだ。

昔からそうだった。本当に優しい、愛《いと》しい子。まさに宝物だ。この子に出会わなかったら、自分は空虚なままであったことだろう。

だが、ここでふと違和感を覚えた。どこで弥助と出会ったのか、思い出せないことに気づいたのだ。

いつ、どこで、どうやって弥助と出会ったのだろう？

いくら記憶を探っても無駄だった。どうしても思い出せない。ぽっかりと、記憶の中に黒いしみができてしまっている。忘れるはずがない思い出なのに。

もどかしさにかられる千弥の耳に、どこからか夜烏《よがらす》の声が聞こえてきた。悲しげなその鳴き声は、うぶめの声にも似ていた。

代償は大きなものとなるでしょう。

頭の中に蘇ってきたうぶめの言葉は、千弥の胸をざわつかせた。

この時、弥助が嬉しそうに振り返ってきた。

「千にい。全部集めたよ」

「……そうかい」

「どうかした？」

「いや、なんでもない。ちょっと思い出したことがあってね。うん、集めたかけらは、ほら、手ぬぐいでひとまとめにしておきなさい。明日にでも私が十郎のところに届けるから」

「俺も行きたいな。十郎さんにわびを言いたいから」

「出かけるのは当分許さないよ。ひどい目にあったばかりなんだから。どうしてもわびを言いたいなら、十郎にここまで出向いてもらえばいいじゃないか」

「俺、もう大丈夫だって！」

「それを決めるのは私だよ」

千弥は微笑んだ。

養い子とのやりとりで、束の間感じた胸騒ぎは吹きとんでいた。

そうだ。過去のことを少し思い出せないからって、不安になることはない。自分にはこれからがある。弥助との楽しい思い出を、これからどんどん作っていけばいい。

だが、外では夜鳥がしつこく鳴き続けていた。まるで、そうはいかないよと、嘲笑《あざわら》うかのように……。

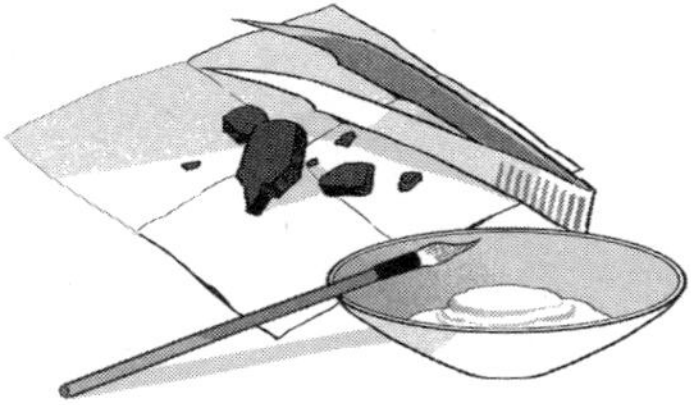

仲人《なこうど》屋《や》のある一日

一

「ほんとにごめんなさい」

消え入りそうな声で言いながら、少年は手ぬぐいを差し出してきた。そこに載っているものを見て、仲人屋《なこうどや》の十郎《じゅうろう》は言葉を失った。

手ぬぐいの上には、薄いかけらが小さな山となっていた。かけらの表側は赤く塗られているが、内側は素焼きの色のままだ。

それがもとはなんであったのか、十郎にわからぬはずがなかった。

朱狛《あかごま》。赤犬の形をした土鈴《つちすず》の付喪神《つくもがみ》。

先日、貸し出したばかりの付喪神が、こうも損なわれた姿になりはててしまうとは。

しばらくの間、十郎は動けずにいた。普段であれば、人を心地よくさせる小話も愛嬌《あいきょう》のある笑顔もいくらでもふりまけるのだが、さすがに今は言葉が出ない。

青ざめた顔で固まっている十郎に、少年、弥助《やすけ》はますます身を小さくしていく。いたたまれないという様子で、その顔は十郎に負けず劣らず青ざめている。

一方、その横に座る美貌の養い親、千弥《せんや》は平然とした表情で、何があったのかを語りだした。

弥助の命を、朱狛が二度助けたこと。だが、二度目の相手は人間で、力まかせに振り回され、壁に叩きつけられてしまったこと。そのせいで、朱狛の本体である土鈴が砕けてしまったこと。

そこまで話したあと、千弥は声に力をこめた。

「だから、弥助は少しも悪くないんだよ。朱狛を壊したのは別の男であって、この子に責《せめ》はないよ」

「せ、千にい！　そんなこと言っちゃだめだって！」

「だって本当のことじゃないか。ほんとだよ、十郎。弥助のせいじゃないんだよ」

「……わかっていますとも」

ようやく十郎は言った。一度声を出すと、つまっていた息や気持ちも、栓が抜けたように楽になった。

軽く微笑《ほほえ》みながら、十郎はうなだれている弥助を見た。

「誰が責めたりするものですか。朱狛は役目を果たしたのです。朱狛ががんばったから、こうして弥助さんは無事でいる。そうなんでしょう？」

「う、うん」

「それなら、朱狛にとって、それはなによりの喜びであり誉れだったはずですよ」

「………」

「おや、あたしの言葉が信じられませんか？」

「だって、お、俺を守ろうとして、こんなに粉々になっちゃったんだよ？　朱狛が喜ぶわけがないよ」

そう嘆く弥助の目は、すでに真っ赤だ。それが十郎には愛《いと》おしく思えた。朱狛がここにいたら、弥助の気持ちをさぞ喜んだことだろう。千切れんばかりに尾を振り回している赤犬の姿が目に浮かび、十郎は思わず微笑んだ。

「そんなことはありませんって。ほらほら、そんな顔をしないでくださいよ」

「で、でも……」

「それじゃ、少し朱狛のことを話してあげましょう。それを聞けば、弥助さんの気持ちもきっと楽になりますよ」

と、千弥が急に身を乗り出した。

「そうなのかい？　それならぜひ話を聞かせてもらいたいね。ね、弥助？　聞きたいよね？　聞こうじゃないか。ね？」

とたん熱心になる千弥に、あいかわらず養い子に甘いことだと、十郎は心の中でふきだした。それを感じ取ったのか、千弥はさっと十郎のほうを振り返った。

「何をぼうっとしているんだい？　早く話とやらをしておくれ。こっちは待っているんだから」

弥助に対するものとは打って変わったとげとげしい声で急かされ、十郎はますますおかしくなった。

「はいはい。じゃ、お話しいたしますよ。この朱狛は、まだ付喪神としては新顔でしてね。とは言っても、付喪神ですから、当然百歳は超えているわけですが。とにかく、朱狛を作ったのは、ある陶工《とうこう》でした。腕のいい男で、特にちょっとした細工物を作るのが上手だったんです」

その男に、子が生まれた。何度もの流産を経て、ようやく無事に産声《うぶごえ》をあげて生まれてきた娘だ。

だが、その子は病弱で、乳を吸う力も弱く、いつもか細く青白い顔をしていた。

三つまでは生きられまい。

そう医者から告げられ、陶工の妻は涙し、丈夫に産んでやれなかった自分を責めに責めた。陶工も胸がつぶれんばかりに苦しんだ。

なんとか我が子を生かしたい。元気に成長してもらいたい。

その想いをこめて、陶工は魔除けの鈴を作ることにした。

鈴は古来より、神を呼ぶものとされている。その音色は不浄を祓うもの。

形はただの丸ではなく、犬にした。犬は主を守るものだから。

さらにそこに魔除けとなる赤色をほどこした。

「いくつもの力とまじないをかけあわせて、陶工はこの鈴をこしらえたわけです。想いと魂の全てを注ぎこんでね。……そうして作りあげられた鈴には、やはり何かの力が備わっていたのでしょう。その鈴をそばに置くようにしてから、病弱な娘は少しずつ元気になりだしたのです」

すくすくとはいかないものの、無事に三度目の春を迎えられた。

七つの時には天神様の祭りに行き、九つの正月には初詣もできた。

一つ、また一つと歳を重ねていき、ついには父と同じ陶工の若者のもとに嫁《とつ》いでいったのだ。嫁ぐ時も、娘は赤い犬の鈴を持っていった。「これはあたしのお守りだから」と言って。

やがて鈴は、娘が産んだ子供のものとなった。

子供から子供へと、魔除けの鈴は大事に受け継がれていったのだ。

「でも、とうとう陶工の血は途絶えてしまいましてね。あたしが見つけた時、朱狛は墓場にいたんですよ」

「墓場に……」

「ええ。墓の上にしょんぼりと座りこんでいましてね。付喪神として目覚めたものの、その場を動けず、ずっと釘づけになっていたそうです。というのも、本体の鈴は、持ち主と一緒に棺桶に入れられて埋められてしまっていたんですよ」

「……十郎さんはどうしたんだい？」

「もとの持ち主だって、大事な鈴が自分と一緒に朽ちていくのは望まなかったでしょうからね。こりゃいけないと、さっそく土を掘って、棺桶から鈴を取り出しましたよ。あれは大変でしたね。ちょうど雨が降っていて、土は重いわ、濡れて滑るわ。しまいには頭から泥まみれになってしまいましたよ」

十郎はおどけた様子で言ったが、弥助の顔はまた青ざめた。

「……墓を暴いたりして、おっかなくなかった？」

「あとでちゃんと土を戻しましたしね。線香や花も手向《たむ》けて、礼儀は守ったつもりですよ。それに、あたしにとって大事なのは、死んだ人よりも付喪神のほうですからね」

さらりと言ったあと、十郎は柔和な笑みを浮かべた。

「ともかく、これでわかったでしょう？　朱狛は、子供を守るために生み出された鈴なんです。子供を守るのが、朱狛の全てなんですよ。弥助さんを助けることによって、それは報《むく》われた。朱狛に悔いはないでしょう。だから、決して自分を責めないでください。ね？」

それにと、十郎は砕けた鈴へと目を向けた。

「かけらはこれで全部ですか？」

「うん。小さなやつも見逃さずに集めたつもりだよ」

「それはありがたい。……もしかしたら、直せるかもしれません」

「ほんとに！」

ぱっと目を輝かせる弥助に、十郎はうなずいた。

「さすがに何日で直せるかどうかは、わかりませんがね。直せたら、また見せに行きますよ。弥助さんが安心できるようにね」

「うん。お願いするよ。俺……また朱狛に会いたい」

「私もですよ」

弥助と千弥に別れを告げ、かけらを大切に懐《ふところ》に入れたあと、十郎は太鼓《たいこ》長屋の外へ出た。

「さて、どうしたものだろうねぇ」

実際のところ、十郎は困っていた。焦りもしていた。

付喪神は、あやかしの中でも特殊なものだ。百年という年月と、持ち主達の想い。それらが少しずつ物にしみこみ、魂を作っていく。そうして生まれるのが付喪神だ。

だが、その魂はあぶくのようにもろい。本体がちょっとでも傷つくと、たちまち付喪神としての姿を失ってしまうのだ。

本体から放り出された魂は、長くはもたない。時を置けば置くほど、薄れていってしまう。

そして、鈴が砕かれたのは二日前だという。もうあまり時間は残されていない。こうしている間も、刻一刻と朱狛の魂は薄れていっているのだ。本当に消えてしまう前に、本体である鈴を元通りにし、魂を呼び戻してやらなくては。

「……あたしにできるかねぇ」

修繕なら以前にもやったことがある。ひびが入ってしまった猫の根付けを直し、元通りにした。だが、今回はそれとはけた違いに難しい。なにしろ、もとの形がわからないほど砕けてしまっているのだから。

正直なところ、自信はなかった。だが、あきらめるつもりもなかった。

朱狛を弥助のもとに行かせたのは、十郎だ。自分が選んだ縁が、こういう結果に終わるのは後味が悪い。

それに十郎は朱狛が好きだった。

優しい、子供が大好きな付喪神。大きな赤犬の姿で、よく十郎にもじゃれついてきたものだ。あれがこの世からいなくなってしまうなんて、寂しい。戻ってきてほしい。

そのために何ができるだろう？　自分にできる最善のこととは、いったいなんだろう？

ここで、十郎ははたと思い至った。

「そう言えば……東の地宮《ちぐう》に腕のいい職人がいるって聞いたね。……頼んだら、力を貸してもらえるかねぇ？」

とにかく訪ねてみようと、十郎は東の地宮に足を向けた。

二

妖怪奉行所、東の地宮《ちぐう》は、常に忙しく騒がしい場所として知られている。

ここでは日々、烏天狗《からすてんぐ》達が忙しげに廊下を行き交い、悪さをしたあやかしの捕獲に向かったり、捕らえたあやかしを裁きの場にひったてたりする姿が見られるからだ。

事件ともなれば、たすき掛けに鉢巻《はちま》きも勇ましい若手達が、いっせいに飛び出していく。その時に起きるはばたきは嵐のようだと、周辺のあやかし達は笑うほどだ。

だが、その日の東の地宮は、静けさに満たされていた。

それもそのはず、半月以上も脱獄囚の捜索に狩り出されていた烏天狗達が、いっせいに休みをとったのである。

残っているのは、捜索に行かなかった年寄りばかりで、彼らは持ちこまれる嘆願書や苦情の訴えを受け取り、若手達が戻ってきたら渡せるようにと、のんびりとふりわけ作業にあたっていた。

だが、そんな静かで平和な空気を突き破るようにして、西側の一角からすさまじい咆哮《ほうこう》があがった。

「あの糞烏どもぉぉぉ！」

獣のごとき咆哮をあげたのは、東の地宮お抱えの武具師、あせびであった。四本のたくましい腕を持つ女妖で、化粧気はまるでないものの、顔はなかなかの美人である。

だが、このあせびを口説く烏天狗はまずいない。

あせびは腕のいい職人で、武具を作るばかりでなく、あれこれ新しい物を作成することにも力を入れている。

一粒で満腹となる兵糧丸《ひょうろうがん》。

細いが決して切れることのない剛力縄。

閃光《せんこう》を放ち、敵の目を眩《くら》ませる鬼花火。

あせびによって作り出されたものはじつに多く、烏天狗達の役に立っている。

ただし問題もあった。

次々とこしらえた試作品の出来栄えや効能を、あせびは烏天狗達で試すのだ。件《くだん》の兵糧丸など、完成するまでに、何人の烏天狗がのたうち、腹を下したことか。

そんなわけで、下手《へた》をすると、月夜公よりも恐れられているかもしれない存在なのである。

そんな恐るべきあせびの顔は、今は憤怒で不動明王もかくやと言わんばかりに歪《ゆが》んでいた。その前には、たくさんの籠手《こて》と脛当《すねあ》てがこんもりと山になっていた。いずれもどろどろに汚れ、鼻をつまみたくなるような悪臭を放っている。

これらは全て、捜索に出ていた烏天狗達が身につけていたものだ。いつもならこまめに取り替える武具が、長期に亘って使われたせいで、こんな惨状となったのだろう。

だから、烏天狗達もじかにあせびに渡すのを恐れ、こっそりとあせびの仕事場の前に置いていったに違いない。常日頃から「もっと物の扱いはていねいに!」と、あせびに叱られているのだから。

ともかく、汚れた武具の山を前にして、あせびはぷるぷると震えていた。

「あ、あいつら! あいつらぁ! よくもこんな……ひどいありさまのものをこっちに返してきたもんだ! せめて洗って返せってんだよ!」

だが、わめこうが地団太を踏もうが、それで目の前の山がなくなるわけではない。

そのままにしておいて、烏天狗達が戻ってきたら彼らに洗わせようか。

そんなこともちらりと頭をよぎったが、それは無理なことだった。自分の作った物が粗末に投げ出されているのを見るのは、あせびにとっては耐えがたいことなのだ。汚れた物、壊れた物を見ると、指がうずうずしてきてしまう。

「ああもう！　しかたないね！」

あきらめ、覚悟を決め、とりかかった。

井戸のそばに大きな盥《たらい》を運び、水を張ってから洗濯用の灰をたっぷりと入れた。そこへ汚れた武具を放りこんだ。一つずつ、丹念にこすって、汚れを落としていく。

だが、やはりてごわかった。

汗と泥を吸いこんだ汚れは、灰を直接なすりつけてこすっても、なかなか落ちてくれない。さらに、金具の部分が錆《さ》びているものもあれば、革が腐りかけたものもあった。布地にかびがはえているものもある。それらの臭さが目にしみた。

あせびは泣きたくなってしまった。一つ一つ心をこめて作りあげたものが、こうなってしまったことが悲しくて悔しい。

だが、その悔しさはどんどん怒りへと変わっていった。

「くそ！　これもだめだ。金具を取り外して、新しい下地に付け直さないと。金具も錆びてるから、錆落としもしなくちゃ。……ああ、もう頭来た！　こうなったら、とことん借りは返してもらうからね」

これまでためておいた試作品を、烏天狗達にあれこれ使ってやる。今度という今度は容赦も遠慮もしてやらないと、あせびは決めた。

「まずは火を防ぐ頭巾《ずきん》と衣だ。効果はあると思うけど、火吹き蛙《がえる》の胃袋で作ってあるからね。臭いがひどくて、烏どもはさぞ嫌がるだろうよ。あと、隠密《おんみつ》用の秘薬。うまくすれば体の色を変えられるようになるけど、蛇食らいの実を練りこんであるからね。下手すりゃ、ごっそり羽が抜けちまうかもしれないけど、かまうもんか。ひひひ、あいつら、丸裸になっちまえ！」

物騒なことを物騒な顔つきでつぶやきながら、四本の腕を忙しく動かし続けていた時だ。

「あのぅ……」

後ろからおずおずと声をかけられた。

また一人、烏天狗が具足を渡しに来たのかと、あせびは目を吊りあげた。

「なんだよ！　今日はもう何一つ引き受けたりしないよ！　手いっぱいだって、見てわかんないのかい、こら！」

くわっと怒鳴りながら振り向いたところで、あせびは相手が烏天狗ではないことに気づいた。

そこにいたのは、見たことのない男だったのだ。尾も角もない完全な人型で、手ぬぐいでほっかむりをし、大きな行李《こうり》を背負った行商人のような姿だ。愛嬌《あいきょう》のある温和な顔つきに、柔らかな物腰をしている。

　会ったことはないなと、あせびは即座に判断した。

「誰だい、あんた？　月夜公様に訴えを持ってきたのなら、ここはお門違いだよ」

「いえ、あたしはその、武具師のあせびさんに用がありまして」

「あせびはあたしだけど、なんの用だい？」

「はい。あたしは仲人屋《なこうどや》の十郎と申します。付喪神《つくもがみ》を扱っているものでございまして、あの、ちょいとお力を貸していただけないかと……」

　砕けてしまった付喪神の土鈴《つちすず》を直してほしい。

　そう言って、男は懐《ふところ》から手ぬぐいを取り出した。そこに包まれたかけらを見て、あせびは唸った。言われなければ、これが鈴だとはわからなかっただろう。

「こいつはちょっと厄介だね。できないことはないだろうけど……」

「お願いしますよ。あせびさんだけが頼りなんですよ。あたしもそこそこ手は器用なほうなんですが、こう小さなかけらとなると、さすがに無理でして」

「……むぅ」

「お願いします。この子を失いたくないんです。かわいいやつなんですよ」

　仲人屋の目にも声にも、必死なものがあふれている。それがあせびの心を動かした。

だが、ただで引き受けるわけにもいかない。

あせびは切り出した。

「それじゃこうしよう。今からあたしはこの鈴の修繕にかかる。その間、あんたはここにある具足を洗っちまっておくれよ」

「こ、この山、全部ですか？」

「嫌だってのかい？　それならそれでもいいけど、そのかわり鈴のほうは後回しになるよ。こいつらを放っておくわけにはいかないんでね」

「……やります」

覚悟を決めたように言う男に、あせびはおやっと思った。ふわふわとした見た目にそぐわず、なかなか根性のある男のようだ。

気に入ったと、あせびは心の中でにやっとした。

「それじゃ頼んだ。汚れは相当落ちにくいだろうから、とりあえず洗ってくれれば、それでいい。洗い終えたやつは、ここの台の上に置いてっておくれ。あと、布地や革がぼろぼろのやつはもう使い物にならないから、金具を取り外しておいてほしいんだ。ほら、この小刀を使っておくれ」

「は、はい」

「あたしは、あそこの蔵にいるよ」

あせびは、すぐ近くに建っている二つの蔵を指差した。双子のように並んでいる蔵は、一方は武具庫、もう一方はあせびの仕事場となっている。

「扉が開いているほうの蔵が、あたしの仕事場なんだ。洗い物が終わったら、声をかけに来ておくれ」

「……やっぱり鈴の修繕には相当かかりますかね？」

「そうなるだろうね。それに、うまくやれるかどうかもわからないんだ。なにせ、こういう物を直したことはないからさ」

だが、それでも全力を尽くしてみると、あせびは約束した。

十郎と名乗った男の顔に微笑《ほほえ》みが浮かんだ。

「よろしくお願いします」

「ああ。あんたも洗いもののほうを頼んだよ」

男に洗いものをまかせ、あせびは鈴のかけらを持って、蔵に向かった。

蔵の中は、道具であふれていた。大きな竈《かまど》に鉄床、大鍋、のこぎりや木槌、やっとこ。あせび自身が作り出した小刀や大小様々な鋏《はさみ》もある。

素材もどっさりあった。鉄や銅はもちろんのこと、貴重な銀鋼、氷姫の涙の結晶、何枚も重ねられた鬼鼠《おにねずみ》の毛皮、遠雷蝶《えんらいちょう》の羽、ささやきかずらの実。床には炭袋がいくつも置かれ、棚にも薬草をつめた壺がずらりと並んでいる。

ここがあせびの城だった。

ここに入るたびに、あせびは身も心もひきしまる。同時に誇りも自信も満ちてくる。外で鈴のかけらを見せられた時は、どうだろうかと不安に思ったが、それもたちまち吹きとんだ。

「助けてやるよ。きっと元通りにしてやるからね」

優しく声をかけ、あせびは台の上にかけらを置いた。そして、細い細い筆と、毛抜きのような形の道具、それににかわの入った小壺を取り出し、台の上に並べた。

必要な物はこれで全部だ。

まずはかけらをよりわけた。大きなものと、小さなものに。

そして、大きなもの同士で、ぴたりと合うものを探していった。合うものが見つかると、にかわを浸した筆でそっとかけらの断面をなであげ、その後にしっかりとくっつけた。

一つ、また一つと、かけらの数が減っていく。

だが、小さいかけらのほうはもっと厄介だ。こちらは指ではいじくれず、毛抜きのような道具でつままなければならなかった。つまむ時も、気をつけなければならない。力を入れすぎれば、たちまちさらに小さく砕けてしまうからだ。

神経を使う作業を、あせびは根気よく続けていった。焦りはしないが、決して休まなかった。壊れた付喪神には時がないのだと、わかっていたからだ。

直したい。もとの姿にしてやりたい。

そのことだけを頭に浮かべ、喉の渇きや空腹も忘れ、あせびは修繕に没頭した。

三

一方、具足の洗いものをまかされた十郎は、少し途方に暮れていた。

「お代はもとから払うつもりだったけど、まさかこんな形になるとはねぇ」

とにかく、ぼやいていてもしかたない。これも朱狛のためなのだ。腕まくりをし、盥《たらい》に向き直った。

だが、思っていた以上の難敵だった。汚れは落ちないわ、強くこすりすぎると布が破けるわ。おまけに、この臭いときたら。

「ひどいねぇ。あのあせびさんは、こんなふうになるまで道具を放っておくような人には見えなかったんだけど。人は、いや、あやかしも見た目によらないってことかねぇ」

道具の変化である付喪神《つくもがみ》と関わる十郎にとって、汚れきった武具を見るのは心が痛むことだった。だが、だからこそ、手を抜くことなど考えられなかった。

きれいにしてやろう。だめなものは、きちんと作り直してもらえるよう、金具をはずしてやろう。

まずは言われたとおり、せっせと洗っていき、まだ使えそうなものは台の上に干していき、だめになっているものは横へと置いていった。

二刻ほどかかって、ようやく洗い終わった。その時には、十郎の手は真っ赤になっていた。ずっとかがみこんでいたので、腰もぎしぎしと音を立てるほど痛んでいる。

少しでもほぐそうと、立ちあがって腰を回しながら、十郎はそっと蔵のほうを窺った。が、蔵は静かで、あせびが出てくる様子もない。恐らく、かけらをはりあわせている最中なのだろう。

邪魔をしてはいけないと、十郎は様子を見に行くのもやめておくことにした。

それに、まだ仕事は残っている。今度は、だめになった具足から、あてがわれている鉄の覆いや小片を取り除いていかなくては。

さっそく小刀を手にしたが、これがまた厄介だった。鉄片はしっかりと布地に縫いとめてあり、その縫い目がまた小さいのだ。小刀の先で縫い目を切り、引き剝がしていくしかない。

十郎もこれには音をあげた。自分一人ではとてもではないが終わらせられない。

そこで助っ人を呼ぶことにした。

いつも肌身離さず運んでいる行李《こうり》から、小さな鋏《はさみ》を取り出し、「切子《きりこ》」と呼びかけた。

とたん、鋏は変化した。手のひらに載るような、小さな女童《めのわらわ》となったのである。肌は鋼《はがね》のような黒ずんだ銀色、髪はおかっぱに切りそろえ、浅黄色の着物を着ている。その両手は、鋏そっくりだ。

ふああっと、あくびをしながら、鋏の付喪神、切子は十郎を見上げた。

「なぁに、十郎？　あたいの新しいご主人様が見つかったの？」

「あいにくと、そうじゃないんだよ」

「それじゃ、おいしい髪の毛をごちそうしてくれるの？」

鋏の付喪神である切子は、髪油などをしみこませた髪の毛が大好物なのだ。

「悪いが、それでもないんだ。切子、手伝っておくれでないかい？」

十郎が事情を話したところ、たちまち切子は渋い顔となった。

「いやよ。あたいは髪切り鋏で、裁ち鋏じゃないのよ？　それに、こんな水っぽいものに触れたら、錆《さ》びちゃうじゃないの」

「大丈夫。あとでちゃんと丁子油《ちょうじあぶら》で磨《みが》いてあげるから。あたしに磨かれるの、好きだろう？」

「そりゃ好きだけど……」

「頼むよ。切子しか頼れないんだよ。小柄《こづか》の菊丸《きくまる》は貸し出してしまったし、大太刀の翔《しょう》龍《りゅう》にはこんな器用なことはできやしない。おまえだけなんだよ」

十郎は、頼むと手を合わせて拝んだ。切子はしぶしぶとうなずいた。

「……わかった。そんなに言うなら手伝ってあげる。そのかわり、今度絶対おいしい髪を食べさせてね。すごくかっこいい、若い男の人の髪がいい」

「わかった。とびきりいい男の髪を用意してあげるよ」

いざとなったら、千弥に髪の毛をはやしてもらい、それを切子に食べさせよう。弥助に頼んでもらえば、千弥は一も二もなく承知するだろう。

そんなことを考えながら、十郎はふたたび具足の山に向き直った。

切子が加わったことで、作業は一気にはかどりだした。切子は、手についた鋏でちょきちょきと、縫いつけてある糸をあっという間に切っていく。そこから糸を抜き取り、金具を剝がすのは十郎の仕事だ。

次々と、具足が片づいていくことにほっとしたのだろう。ふいに十郎はあることに気づいた。

濡れた鉄のじっとりとした臭いは、血の臭いにとてもよく似ているのだ。

そう気づいたとたん、忘れていた過去が頭に蘇《よみがえ》ってきた。

十郎が人として生を享《う》けたのは、今よりもずっと前、足利《あしかが》一族が力を握っていた頃だ。親の顔は知らない。赤子の頃に寺に捨てられたからだ。その寺で拾われた十人目の子供ということで、十郎という名を与えられた。

幼い頃から、十郎は穏やかで気の利く子供であった。大人が何を求めているかを敏感に感じ取り、何かと喧嘩する孤児達も難なくなだめてしまう。

その才能を認められ、和尚の推薦を受け、その地を治める豪族《ごうぞく》の屋敷で働くことになった。

周りの大人達の気持ちを読み取り、如才《じょさい》なく働く子供の十郎は、みんなにかわいがられた。中にはたわむれに十郎に武芸の稽古《けいこ》をつけてくれる者もいた。そして、十郎の飲みこみが早いことに気づくと、「あやつはいい側仕えになりましょう。ただの下働きにしておくには惜しい小僧です」と、主人に教えた。

そうして、十郎は小姓へと格上げされることとなった。主人達の目は間違っていなかった。字や弓や槍の扱いを教えられ、礼儀作法を叩きこまれた十郎は、ほんの二年も経たないうちに、どこぞの若と間違われるほどの物腰と教養を身につけてしまったからだ。

周りは驚いたが、十郎にとっては難しいことではなかった。天涯孤独の自分がこの屋敷で生きていくには、与えられたものはなんでも吸収し、自分のものにしていかなくてはならない。人の心を読み取るのと同じで、十郎にとっては生きていく術だったのだ。

それからほどなく、十郎は主人の一人娘の綾姫《あやひめ》に仕えることを命じられた。

十郎はすでに知っていた。綾姫こそ、この屋敷の宝だということを。

一番偉いのは主人と奥方だが、屋敷の誰からも愛されているのは八歳になる綾姫だ。明るく、かわいらしく、誰にでも声をかけ、笑顔で甘える童女。甘やかされすぎて、少々わがままではあるが、綾姫に気に入られれば自分の身も安泰だ。

「これからはこの十郎がお守りいたしまする」

そう綾姫に誓った時、十郎は恐らく十四歳くらいであっただろう。以来、綾姫から離れることなく、ずっとそばに仕え続けた。

綾姫を見守り、遊び相手を務め、わがままにも付き合った。姫が口に出す前に、すっと、「これがお望みなのでしょう?」と、ほしいものを差し出してやる。やりたい遊びがあれば、「今日は遠乗りにちょうど良い日ですね」と、切り出してやる。

そんな十郎を、綾姫が気に入らぬはずがなく、十郎がそばにいなくては夜も日も明けないとばかりに癇癪《かんしゃく》を起こすほどとなった。十郎にとっても、その頃が一番充実して幸せな時だったかもしれない。

だが、時は過ぎる。

子供は大人になっていく。

一年過ぎるごとに綾姫は美しくなり、十四歳となると、縁談の申しこみがひっきりなしにやってくるようになった。

そして、十六歳となった時、ついに相手が決まった。有力な豪族の跡取り息子で、二十二歳になる総一郎《そういちろう》。荒ぶる大猪を一人で片づけたほどの武芸達者で、近隣にもその名は轟《とどろ》いているという。

それを聞いて、綾姫は胸をときめかせた。目をきらきらとさせて、十郎相手に許婚《いいなずけ》のことばかり話すようになった。

「総一郎様はね、民にもそれは慕われていらっしゃるそうよ。お優しくて、頼もしくて、困りごとはなんでも引き受けてしまうんだとか。ああ、いったい、どんな方なのかしら？お会いするのが待ち遠しいわ。そんなにお優しい心をお持ちなんですもの。きっと、それは好もしい方でいらっしゃるわよ。ね、十郎。おまえもそう思うでしょう？」

「はい」

姫が望むままに、十郎は相槌を打った。

八年も付き添った綾姫が嫁に行くと思うと、感慨深いものがあった。

だが、不安もある。見かけこそ美しくおしとやかになった姫だが、心はまだまだ子供のままだ。他家に行って、はたしてうまくやっていけるだろうか？

側仕えとして、恐らく自分も姫の嫁《とつ》ぎ先についていくことになるだろうが、そうなったら姫が困ったことをしでかさないよう、今まで以上に細やかに気を配らなければ。

十郎はそんなことを考え、小さくため息をついた。

そして綾姫と許婚の初の顔合わせの日がやってきた。土産物を進呈するという名目で、向こうの若が屋敷にやってきたのだ。

勇ましい灰毛の大馬にまたがった総一郎は、馬に見劣りしないほどの大男だった。体は巌《いわお》のごとくたくましく、手綱を引き締める腕には猿のように黒い剛毛がはえている。

顔は美男からは程遠かった。目が小さく、鼻が丸い。日に焼けた肌はあばたでごつごつとしており、歯並びが悪く、猪のようだ。

これはまずいと、十郎は思った。

はたして、相手を見た瞬間、綾姫ががっかりするのを十郎は感じ取った。もちろん、それをあらわにするような姫ではないが、十郎だけはわかった。

こんな男に嫁ぐなんて、恐ろしい。ぞっとする。

そんな想いを押し隠し、綾姫はかわいらしく笑ってみせた。

「よくいらしてくださいました。今宵はささやかながら宴の席を設けます。ゆっくり楽しんでいってくださりませ」

「おう。お気遣い、かたじけない。楽しませていただくぞ」

にっと、総一郎は歯を剝き出すようにして笑った。こちらは一目で姫のことが気に入ったらしい。

当たり障りのない言葉を少し交わしたあと、綾姫は慎み深く自室へと下がった。もちろん、十郎もついていった。

自室で二人きりになったとたん、綾姫は感情を弾けさせた。

「あんな方だなんて！　あのぼうぼうの毛を見た？　まるで獣から生まれてきたみたいだったわ！　いやよ！　あの恐ろしい歯だって、ぞっとするわ！　ねえ、そう思うでしょう？　十郎はあの男を見て、どう思った？　正直に言って！」

「……そうですね」

十郎は言葉につまった。

確かに総一郎は、見た目こそ武骨で荒々しく、醜男《ぶおとこ》としか言えない若者だ。が、その気性はまっすぐで優しさにあふれているようだった。ああいう若者であれば、綾姫をしっかりと受け止め、守ってくれることだろう。

慎重に言葉を選びながら、十郎はゆっくりと言った。

「確かに、美男ではいらっしゃらない方です。ですが、気骨、性根は申し分のない方かと」

「……おまえはそう読んだのね？」

「はい。ご家来衆にも心から好かれていらっしゃるようでした。信頼に足る方なのだと思います」

絶望したように、姫の美しい目がゆらいだ。

しばらくの間、綾姫はじっとうなだれていた。が、ふいに顔を上げ、まっすぐ十郎を見つめた。

「十郎、私の願いを叶えてほしいの。私が何を望んでいるか、わかるでしょう？」

姫の願いを読み取るのは、今の十郎にはたやすいことだった。そして読み取り、ぞっとした。

「それは……いけません。それだけはできません」

「やってちょうだい！」

目をぎらつかせ、綾姫は十郎に迫った。

「私のことを大切に思うのなら、今後も私に仕える気があるなら、やってちょうだい！

そうしたら、お父様に頼んで、おまえの位を上げてもらうわ。私の婿にしていただけるようにするから」

それはない。ありえない。いくら大事な娘の頼みとは言え、そしていくら十郎が優秀とは言え、二人の仲を主人が許すはずがない。

十郎は「できません」と言い続けるしかなかった。

きっと、綾姫の目が吊りあがった。美しい娘の顔がいきなり般若《はんにゃ》と化すのは、背筋が凍りつくような恐ろしさがあった。

「そう。おまえ、私の願いを聞いてくれないのね。……私がこんなにも頼んでいるのに。十郎のくせに」

「…………」

「……もういいわ」

ぷいっと、綾姫は十郎に背を向けた。

「どこかに行っておしまい」

「ひ、姫様！」

「今夜の宴まで、私の前に姿を見せないで。不愉快だわ」

しかたなく十郎は綾姫の前から下がった。不安で足元がふらふらした。

綾姫の不興を買ってしまった。そうならないよう、この八年間、あれほど気を配ってきたというのに。これからどうなるだろう？　もういらない者として、この屋敷から放り出されてしまったら？

十郎にとって、居場所がなくなることほど恐ろしいことはなかった。だから、いつも自分のいるべき場所を作ろうとし、寺でも屋敷でもうまく立ち回ることだけを考えてきた。一人になるのが恐ろしいから。生きていけないとわかっているから。

どうしたらよかったのだろうと、何度も頭の中で繰り返した。

姫の望みを叶えるべきだったのか？　いや、どう考えても、それはだめだ。今度ばかりはわがままを受け入れるわけにはいかない。なにしろ、人の命がかかっているのだから。だが、それで屋敷を追い出されたら？　これまでの全てを失ってしまったら？　やはり、やるべきだろうか？　でも、どうやって？

悶々《もんもん》と考えるのも苦しくなり、十郎は遠乗りに出かけようと、厩《うまや》に行った。そこで思わぬ相手に出くわした。

総一郎だ。奥の間でゆるりとくつろいでいるはずの若が、厩で自分の灰毛馬の体を藁《わら》でこすっていたのである。

あっけにとられる十郎に、総一郎が気づいた。

「おう、おぬし、先ほども会ったな」

「は、はい。綾姫の側仕えをしております十郎と申しまする」

「そうか。ということは、姫が我が屋敷に輿入《こしい》れする時には、おぬしも一緒についてくるのだろうな。よろしく頼む」

気さくに笑いかけてくる総一郎。顔つきは醜いが、闊達《かったつ》で自信にあふれた様子で、好もしい。

「あの……馬のお世話であれば、ここの厩番におまかせくだされば……」

「いや、この銀風《ぎんふう》は俺でないと手入れをさせてくれんのだ。気の荒いやつだが、足が速くて、熊に対峙しても怯えることはない。乗りこなすのに一年かかったが、今では俺のかけがえのない友だ」

嬉しそうに愛馬のたてがみを撫でてやる総一郎に、十郎ははっとした。

今なら周りには誰もいない。厩番達は他の馬を馬場に引き出しに行っている。総一郎を守る家来衆の姿も見当たらない。念のため総一郎に尋ねてみたところ、奥で休ませているという。

「ここに来るまでに、かなりの早駆けをさせてしまったからなぁ。俺はこのとおり人一倍頑健だし、主人の命に刃向かうのかと脅したから、みんなおとなしく休んでいるだろうよ」

十郎の細い目がますます細くなった。

総一郎を殴り倒した上で、この大きな馬に踏ませるなりすれば、「突然馬が暴れて、総一郎様を蹴り殺した」と、言い訳がつく。

今なら殺せる。綾姫の願いを叶えられる。

ぴくりと、十郎の指が動いた。自然と体が総一郎の背後へと回りこむ。

だが、一歩踏み出しかけた時だ。総一郎がふたたび振り返ってきた。

「十郎は綾姫に仕えて何年になる？」

「……八年になります」

「そうか。それなら十分だな。よし。綾姫のことを色々と教えてくれぬか？」

「は？」

「綾姫にはできるだけ好かれたい。だから、好かれるように努力したいと思ってな。なにしろ俺はこの御面相だからな」

姫の好物は？　趣味は？　好きな色や小物は？

あれこれ尋ねてくる総一郎を、十郎はまじまじと見返していた。見つめているうちに、体の中に凝《こご》っていた殺意が、ゆるゆると解けていくのを感じた。

殺せない。殺してはいけない男だ。純朴でまじめで誠実で。むしろ、綾姫こそ、この若者にはふさわしくない。これは姫を諭《さと》さなくてはならない。自分が感じたことを伝えなくては。その上で追放されたとしても、そうなったらそうなったで、かまうものか。

覚悟を決めると、急に気持ちが楽になった。

十郎は好意をこめて、総一郎に微笑《ほほえ》みかけた。

「総一郎様。姫様はかわいいものがお好きです。小鳥や子犬などの贈り物が喜ばれましょう。着物は柔らかで淡い色を好まれます。桜色とか藤色とか。好物は甘いもの。甘い米粉の練り菓子などには、特に目がありません」

「おお、そうか！　それではさっそく練り菓子を取り寄せるとするぞ。それに桜色と藤色の反物もな！」

「はい。……総一郎様。きっと姫様は、あなたを好きになりましょう」

大丈夫ですとうなずきかけられ、総一郎の醜い顔が赤くなった。

「そ、そうかな」

「そうですとも。……私は勤めがあるので、これで失礼を」

「おう。また色々と教えてくれ。宴の席で会えるか？」

「はい。恐らく」

「そうか。ではまたな」

総一郎と別れ、厩を出た十郎は、綾姫の部屋へと向かった。

姿を見せたら、綾姫は癇癪を起こすだろう。ののしってくるだろう。もしかしたら物を投げつけてくるかもしれない。それでも、ひるむわけにはいかない。宴の前に、姫としっかり話し合わなくては。

だが、武者震いしながら部屋に行ってみれば、そこに姫の姿はなかった。かわりに、姫の文机《ふづくえ》の上には見慣れぬものが置いてあった。

白い小花がいっぱいについた、可憐な野の花だ。それが一本だけ、文机の上に投げ出されている。

見たとたん、十郎は真っ青になった。

昔、まだ幼い綾姫がこの花を庭先で見つけ、ほしがったことがあった。だが、十郎は花を摘み取るかわりに姫に教えたのだ。あれは毒の花なのだと。

「毒芹《どくぜり》と言って、芹にそっくりですが、本当に怖い毒がある。あれを食べた人がもう何人も死んでいるのですよ。だから、決して摘んだりしてはいけないし、触れた手で食べ物に触ったりしてもいけません」

「そうなの。あんなにかわいい花なのに……怖いのね」

「摘まないと約束してくださいますね」

「うん。約束するわ」

幼い綾姫はしっかりとうなずいてくれた。

だが今、その毒芹の花がここにある。そこにこめられた意味を、十郎は明確に読み取った。

おまえがやらないのなら、私がやる。

毒芹の花から、姫の声がたちのぼってくる気がした。

呆然としていた十郎であったが、我に返るなり、部屋を飛び出した。

初めて姫に腹が立っていた。

宴の席で、綾姫は酒か料理に毒を盛って、総一郎を殺すつもりだ。だが、必ず毒のことは明るみに出るだろう。姫一人の責任ではすまなくなる。あちらの家との戦になるかもしれない。

そうなったら、どうなる？　ここに働く者達は？　周辺の百姓《ひゃくしょう》達は？

浅はかな姫のために、たくさんの人の平和な日々が打ち砕かれてしまうなど、あってはならないことだ。

こうなったら主人と奥方に進言しよう。告げ口めいてしまって気が引けるが、もうためらっている場合ではない。

だが、廊下を走る十郎の前に、数人の男達が立ちふさがった。みんなこの屋敷の古参の家人で、厳しい顔をしている。「通してください」と、十郎が口を開くより先に、男達はいなごのように十郎に飛びかかってきた。

十郎はあっという間に捕まり、手足を縛られ、近くの小部屋へと放りこまれた。

どういうことだと、十郎は目を剝いた。

「何事ですか？　なぜこのような……」

「姫様から頼まれたのだ。おまえを足止めし、宴の席に行かせぬようにしてほしいとな」

「ひ、姫様が……」

「そうだ。おまえ、何をやらかした？　姫様は怯えておられたぞ？　十郎のことが怖い、何をするかわからないと」

「ち、違う。私じゃない！　やらかすのは姫様のほうだ！　止めないと！　放してください！　早く行かないと！」

止めなければ手遅れになってしまう。

だが、その叫びは無視され、十郎は猿ぐつわまで嚙まされてしまった。

「悪いが、宴が終わるまでそのままでおれ。終わったら、縄を解いてやるし、話もじっくり聞いてやるから」

そう言って、男達は十郎を小部屋に残し、去っていってしまった。

床に転がされたまま、十郎は歯嚙みした。

綾姫を甘く見ていた。まさか、こんなからめ手を使ってくるとは。

だが、悔やんでいる暇などない。腰に差していた小刀は持っていかれてしまったが、部屋を見回せば、奥に花を生ける大きな壺があった。

十郎は身を転がしていき、壺に体をぶつけて、勢いよく押し倒した。思惑どおり、壺は割れて、大きなかけらが飛び散った。

かけらの一枚を手にし、まずは手首の縄を切りにかかった。だが、なかなか難しかった。縄目はかたく、不自由な体勢なので力が入らない。手のひらや手首も、何度もかけらで傷つけてしまった。

それでもあきらめずにこすりつけていると、ようやく縄目が緩むのを感じた。

手が自由になったところで、足の縄を解きほぐしにかかった。血の流れを堰《せ》き止められていたので、指が痺《しび》れていたが、これもなんとかやりとげた。

よろよろと立ちあがり、血まみれの手で戸を開けようとした。が、心張棒《しんばりぼう》がかかっているのか、びくともしない。

そこで思い切り体当たりを食らわせた。

もともと、牢などではなく、ただの小部屋の戸だ。あっという間に戸ははずれ、大きな音を立てて、向こう側に倒れた。

きゃあっと、女達の声が聞こえたが、十郎は目もくれなかった。身を起こし、ついでに転がっていた心張棒を手にして、廊下を走りだした。もしまた邪魔者が現れれば、心張棒で殴り倒すつもりだった。

だが、主だった家来達はみな宴に行っているのだろう。もはや十郎を遮る者はいなかった。

十郎が奥の大座敷に辿り着いた時、宴はもう始まっていた。

綾姫もいた。一番奥の上座にて、総一郎に酒を注いでいるところだった。その顔は愛らしく、だが目はぎらついている。

あの酒だと、十郎は一目で悟った。

あの酒に、毒が盛ってあるのだ。

無礼であることも忘れ、十郎は座敷へと飛びこんだ。手や着物を血で染めた十郎の姿に、その場は騒然となった。

「何事じゃ！」

「十郎？」

「なんだ、あやつは？　血まみれではないか！」

中には血相を変える者達もいた。

「あやつ、どうやって部屋から……」

「おい、捕らえて縛っておいたと言うていたではないか！」

「どうしてここに……」

混乱の渦の中、十郎は「その酒を飲むな」と、総一郎に呼びかけようとした。

だが、口を開こうとしたその時、全ての騒音を突き破るようにして、一つの声が響き渡った。

「捕らえて！　十郎を捕らえてくださりませ、方々！　その者は総一郎様を殺めるつもりでございます！」

声の主は綾姫であった。真っ白な顔をしつつも、目をきりりと吊りあげ、細い指先を十郎へと突きつけている。

誰もがあっけにとられてしまった。十郎でさえ言葉が出てこなかった。その隙をつくようにして、綾姫は声を震わせながら話しだした。

「誰にも言えませんでしたが、十郎は私に、ずっと邪《よこしま》な想いを抱き続けていたのです。

人目があるところではおとなしく忠実な家来になりきっていましたが、二人きりになると、いつも私に我がものになれと迫ってきました」

「そ、それは真かえ、姫？」

「はい、母上。私はもう恐ろしくて……十郎のことが恐ろしくて、操を守るのに手いっぱいで、誰にも言えなかったのです。総一郎様との縁組が決まってから、共に逃げようと、十郎はしつこく迫ってきました。私が断ると、今度は腹を立て、きっと総一郎様を殺すと言ったのです。だから、宴の席に近づけないよう、家来に閉じこめさせていたはずなのに。まさか、抜け出してここに来るなんて……」

なんと恐ろしい執念かと、綾姫は身を震わせる。その姿に、十郎は笑いだしそうになってしまった。

なんという作り話。振り回されてきたのは、むしろ十郎のほうだというのに。そのことはみんなが知っている。

誰が信じるものかと、周りを見たところで、ぎょっとした。皆が自分に怒りのまなざしを向けていることに気づいたのだ。

十郎がまさかそんなことを。

いや、ありえる。あやつはずっと姫のそばにいた。姫から片時も離れようとしなかったではないか。

大恩ある主君を裏切るような真似をよくもできたものじゃ。

やはり素性卑しい者は信頼できんな。

そんな心のささやきがみるみる広がっていくのが、十郎にはわかった。

なんてことだと思った。

姫の言葉によって、皆の心は一瞬で変わってしまったのだ。今やこの場で十郎を信じる者はいなかった。十郎の努力、長年の奉公ぶりも、誠実で穏やかな言動も、あっさり無と化したわけだ。

激しい無力感に襲われながらも、負けてなるものかと、十郎は真実を告げようとした。

だが、またしても邪魔された。

「貴様ぁ！」

総一郎が猪のごとく飛びかかってきたのだ。目には憤怒が燃え、手には長い燭台《しょくだい》を武器としてつかんでいる。

振り下ろされてきた重い一撃を、十郎は持っていた心張棒でなんとか食い止めた。だが、すさまじい力で押され、たちまち庭に面した廊下にまで追いこまれた。ここで力負けをすれば、すぐに次の一撃が見舞われ、脳天を瓜のごとくかち割られることになるだろう。

姫。綾姫。

思わず助けを求めて、姫のほうを見た。この場をおさめられるのは、十郎の命を救えるのは綾姫ただ一人だからだ。

「……うっ！」

姫はこちらを見ていた。恐れおののいた様子で、打ち掛けの袖で顔半分を隠しているが、その目は獣のようにらんらんと光っている。そして、かすかにのぞいている口元は笑っていた。

殺せ。殺し合え。相討ちになってしまえば、一番いいのに。

目が合ったとたん、姫の声がはっきりと聞こえた。醜い本性が剝き出しになった声音に、十郎は頭がくらくらした。

あれほど尽くしてきたのに。あれほど心を砕いてきたのに。一度命令に逆らったというだけで、自分をこれほど憎むようになるとは。

いや、違う。

十郎はやっと気づいた。

綾姫が慕っていたのは、わがままをなんでも聞き入れてくれる、都合のよい家来としての十郎なのだ。そうでなくなった十郎など、もはや石ころ同然。必要のないものとして、冷酷に切り捨てにかかったわけだ。

同時に、姫の企ての全てがわかった。

毒芹を部屋に残していったのも、十郎を操るための小道具。十郎が宴の場に現れるようにし、巧みな嘘で総一郎の憎しみを十郎に向けさせ、二人を殺し合わせる。

どちらかが死ねばよし。相討ちになれば、さらによし。十郎が生き残ったら家来達に殺させればいいし、総一郎が生き残った時には、手当てだと言って、今度こそ毒で仕留めればいい。どちらにしても綾姫に損はない。

まだ十六の小娘がなんとも恐ろしいことを考えついたものだ。いや、これが綾姫の本性なのだろう。自分の望みのためならば、いくらでも謀略の糸をはりめぐらせられる。まるで貪欲な女郎蜘蛛《じょろうぐも》だ。

だが、十郎はそれを見抜けなかった。人の心を読み取れると、うぬぼれていたから、綾姫の愛らしさの下にあるものに気づきもしなかった。まんまと手のひらで転がされてしまったのだ。

なんと情けない。自分の負けだ。ここは思い切りよく手討ちにされてしまおうか。

あきらめかけた時、ふたたび綾姫と目が合った。姫の心の叫びが甲高い笛の音のように届いてきた。

死ね。死ね。死んでしまえ。おまえなどいらない。

かっと、怒りがこみあげ、そのあとで急激に冷めた。急にむなしくなったのだ。

こうなった以上、自分はもう助かるまい。だが、ここでは死にたくない。綾姫の前で息絶えたくない。なにより、総一郎だ。この男を殺したくないし、殺されたくもない。

心張棒に力をこめ直し、十郎はぐうっと総一郎へと顔を近づけ、ささやきかけた。

「どうかお気をつけて。綾姫様はあなたにふさわしくない。見た目は美しくとも、毒芹のように毒に満ちている。先ほど綾姫から注がれた酒を、庭の池にでも流してごらんなさい。きっと、魚が腹を見せて浮かんでくるでしょう」

「な、なんだと？」

「それでも妻にするというのなら、くれぐれも気をつけることです。……私はね、総一郎様、あなたのことが好きでしたよ」

にっこりと笑いかけると、総一郎は虚《きょ》を衝かれたようだ。一瞬だけ力がゆるんだ。十郎はその隙を逃さず、総一郎の足を思い切り払い、横に倒した。

そうして、そのまま庭へと飛び出した。

「逃げたぞ！」

「追え！　逃がすな！」

男達の叫びにまじって、姫の悔しげな悲鳴も聞こえた。だが、その全てを振り切るようにして、十郎は走った。

屋敷の塀を乗り越え、近くの山へと逃げこんだ。生い茂る草木をかきわけていくにつれ、どんどん暗くなっていき、やがては夜になった。それでも足を止めることはなかった。背後から執拗に追っ手の気配がしたし、十郎としてみれば人間から少しでも離れた場所に行きたかったからだ。

命が惜しいのではなく、ただただ見知った人達から遠ざかりたかった。

逃げる途中で、あちこちに傷ができた。小さな斜面では足を滑らせ、膝を思い切りぶつけた。もう体はぼろぼろで、嗅ぎとれるのは自分の血の臭いだけだ。なのに、痛みも疲れも感じない。

半分死んでいるのかもしれないと、ぼんやりと思いながら、十郎は真っ暗な山の中を進み続けた。

気づけば、不思議な場所に辿り着いていた。

周りに立つ木々は、どれも骨のように白く、ぼんやりと淡く光っている。

光っているのは、足元も同じだった。

見れば、その場は一面、奇妙な草で覆われていた。すらりと伸びた茎や細く長い葉は笹を思わせるが、色は月のような銀色だ。そして、茎の先にはどくろがついていた。こぶしほどの大きさの、黒いどくろが、まるで花のように先端についているのである。

ゆらゆらと、風もないのに左右に揺れ動きながら、どくろの群れは十郎を見ていた。

この世のものとも思えぬ景色に、十郎は初めて足を止めた。と、くくと、くぐもった笑い声が上から聞こえてきた。

見上げれば、そこにもまたどくろの顔があった。こちらは骨の体も付いており、法師のような黒い衣をまとっている。どくろの額には一本の角があり、顎の先には白く長いひげが伸びている。ぽっかりと開いた眼窩《がんか》の奥には、緑の小さな炎が灯っていた。

鬼だ、と十郎は思った。だが、特に恐ろしいとは思わなかった。どくろ老人がいかにも楽しげに笑っていたからかもしれない。

「まぁた人が迷いこんできたか。さてはて、昨今は多いことよなぁ。おまえさん、誰じゃ？　どうしてここに来たんじゃ？」

尋ねられ、十郎は素直に「わからない」と答えた。

「わからない？　わからないとは、どういうことじゃ？　名すら覚えていないのか？」

「いえ、私は十郎という名で……どうしてここに来たのか、さっぱりわからないのです。……ここはあの世ですか？」

「いいや、ただの妖界よ。骨森《ほねもり》という場所じゃ。わしゃここの守り手で、古老と呼ばれとる。骨じいと呼ぶやつもおるが、そっちの呼び名は好かんな」

どくろの顔を器用にしかめてみせる骨森の古老。

「ま、おまえさんがここに迷いこんだわけは、見当がつくぞい」

「そうですか？」

「ああ。絶望や怒りや悲しみに囚われた人間が山に入るとな、足が道からそれることがある。人の道からそれて、あやかしの領域へと踏みこむのよ。恐らく、そういう負の想いに満ちた人間は、あやかしに近づいたものになっているのだろうよ。どうじゃ？　思い当たることはないか？」

「……ありますね」

十郎は絶望していた。綾姫に、屋敷の人々に、そしてなにより自分自身に。

うなだれる十郎を、古老はうながした。

「よかったら、聞かせてもらえんかの？　わしゃ、迷いこんできた人間の話を聞くのが好きでの。この妖花達も、おまえさんの話に興味津々のようじゃしな」

「……はい」

十郎は少しずつ話していった。軽く話すつもりが、いつの間にか何もかもさらけ出していた。

捨て子として育ったため、常に居場所を求め、人に気に入られるよう努めたこと。その結果、他者の心を読み取れるようになったこと。だが、八年も見守ってきた綾姫の性根にすら気づけなかったこと。

話す間も、自分が惨めで、愚かで、情けなくてしかたなかった。

その気持ちも打ち明けたところ、骨森の古老は大きくうなずいた。

「そりゃまあ、おまえさんの傲慢《ごうまん》だったのぅ」

「……………」

「人ってのは、なかなか難しい生き物じゃ。極悪人が優しい心を持っていることもあれば、善人であっても人を傷つけるような真似をしでかすことがある。人の心の全てを、その若さで見通せるはずがなかろうて」

ずばずばと言われ、十郎はますます恥じ入った。本当にこの世から消えてしまいたい。

そんな心を読み取ったのだろう。古老はまたからからと笑った。

「未熟であったことをそれほど恥ずかしいと思うなら、うむ、もっと人間のことを見ていくのがよかろうよ」

「え？」

「満足いくまで、納得いくまで、人間のことを知ればいい。そのためにはその体のままではだめじゃなぁ。もろすぎるし、すぐに朽ちてしまう。……生まれ変わってみるか？　あやかしとなって、人の心を探究し続けてみるか？」

「あやかしに……？　私が？」

「そうよ。どうせ逃げてきたんじゃ。せっかくなら、追っ手が決して追いつけぬところまで逃げてしまえばよい。あやかしはよいぞ。人に縛られることなく、だが望むなら、好きなだけ人に関われる。……おまえさん、人が好きなのじゃろう？」

最後の言葉は、ぐさりと十郎の胸に食いこんだ。

人が好き。ああ、そうなのかもしれない。人のことがもっと知りたい。もっと心の奥底までも見通せるようになりたい。それを達するには、確かに人の命は短すぎる。

古老の申し出を、十郎は受けることにした。

古老に言われるままに、どくろの花を一つ摘み取ったところ、どくろは紅い涙を流し出した。ねっとりとしたたるそれは、口に入れると、ほろ苦くも甘かった。

妖花の蜜《みつ》を飲んだあと、十郎は強い眠気に襲われた。立っていられず、その場に倒れこみ、そのまますいぶん長く眠っていたと思う。

そして目覚めた時には、人の身ではなくなっていた……。

四

「十郎！　十郎ってば！」

自分を呼ぶ声に、十郎は過去から引き戻された。

見れば、付喪神《つくもがみ》の切子が膝の上に乗っていた。

「もう！　どうしたの？　ぼうっとしちゃって、手も動かしてないじゃない」

「ああ、ごめんよ。ついつい昔のことを思い出しちゃってね」

「もう！　十郎がぼんやりしてる間に、あたいは自分の分はやっちゃったよ？」

「おっと、そうなのかい？　それは悪かった。いや、助かったよ。あとはあたしがやるから、おまえはもうゆっくりしておくれ」

「ご褒美のこと、忘れないでよ？」

「忘れるものかね。ちゃんと磨《みが》いてあげるし、いい髪も食べさせてあげるから」

切子は安心したように笑い、鋏《はさみ》の姿に戻った。

それを行李《こうり》に入れたあと、十郎はふたたび金具を布から引き剝がしていった。その口元には穏やかな笑みがあった。

人をやめた夜から、ずいぶんと時が経ったものだ。骨森を出たあとは、人になりすまして人界をさ迷った。願ったとおり、人間の心をより深く知ろうとしたわけだ。

だが、やがて付喪神というものを知った。

人の想いから生まれるあやかし。人のそばにいたがるあやかし。

その存在を知った時、十郎の中に新たな願いが生まれた。

彼らの助けになりたい。彼らと人の縁を結ぶ手助けをしてやりたい。

そうして十郎は仲人屋《なこうどや》となったのだ。当初の目的からはずれてしまったわけだが、後悔はしていない。今は仲人屋としての自分に満足しているからだ。付喪神と人が心を通わせる様を見ると、胸が芯から満たされるのを感じる。

人が好きだ。付喪神も好きだ。だから、どちらとも関われる仲人屋の仕事が好きだと、胸を張って言うことができる。

人をやめてよかった。あの時逃げてよかったと、心底思う。そう思えることに感謝する。

それが今の十郎の日々なのだ。

次第に空が暗くなってきたので、十郎は今度は行灯《あんどん》の付喪神に手元を照らしてもらって、作業を続けていった。

と、ふいに肩を軽く叩かれた。

「うわっ！　あ、なんだ。あせびさんでしたか」

「驚かせてごめんよ」

暗がりの中、大きな女妖は体を揺らした。

「おや、ずいぶんがんばってくれたじゃないか。こんなに終わっているとは、思ってなかったよ」

「いえいえ。……それより、鈴は？」

「あたしにできることは全部やったよ」

静かに答え、あせびは手を差し出した。

そこに、赤い犬の形をした鈴が載っていた。きれいに塗り直されていて、ひびも割れも見当たらない。まったくもとのとおりに見えるが、耳や尾の先が金色で塗られているのは、前にはなかったものだ。

「すごい！　まるで新しい鈴みたいだ！　壊れていたなんて、思えませんね！」

「かけらは全部正しくくっつけたからね。それでも、あちこちにできた砂粒のような隙間はどうしようもなかった。だから蜜蠟《みつろう》を塗りつけ、その隙間を埋めていったんだ。で、乾いたあとに、絵具を塗り直した。とっておきの真紅さ。耳や尾の先っぽを金に塗ったのは、おまけみたいなもんだけど、これでよかったかい？」

「ええ、すてきです。……でも、目がありませんね？」

以前、この鈴の犬は、ぱっちりとつぶらな目を持っていた。でも、今はのっぺらぼうだ。

あせびはまじめな顔でうなずいた。

「ああ、目だけは描かなかった。それを描くのはあんたの役目だからね」

「あ、あたしが描くんですか？」

「そうだよ。この鈴のことを一番よく知っているのはあんただ。だから、あんたの手で、これに目を入れてやるといい。そうすれば完成だ。……うまくすれば、魂が戻るよ」

そう言って、あせびは細い絵筆を差し出した。

たっぷりと墨が含ませてある絵筆を、十郎は恐る恐る受け取った。必死で朱狛を思い出した。

朱狛の目ならよく覚えている。あのきらきらと光る目。嬉しそうに輝く目。

つぶさに思い出すことができたが、それでも、いざ筆を鈴につけた時は指が震えそうになった。

朱狛。人が大好きな朱狛。どうか戻ってきておくれ。蘇《よみがえ》っておくれ。

願いをこめて、十郎は慎重に筆を動かし、なんとか犬に目を描きこんだ。

とたん、犬はさらに犬らしくなった。まるで命が宿ったかのように、生き生きとして見える。その気配に、十郎ははっとした。

「朱狛？」

呼びかけたとたん、鈴が光った。光の中で、ゆらりと、鈴の形が変わっていき、やがて小さな赤犬がそこに現れた。

ころころ、むくむくとした子犬だ。十郎の手のひらに乗ったまま、千切れんばかりに尾を振り、嬉しくてたまらないと跳ね回り、しまいには腹を見せてきた。

これには十郎だけでなく、あせびも顔をほころばせた。

「おやまあ、ずいぶんかわいらしい姿だねえ」

「もとは狼みたいな立派なやつだったんですけどね。でも、これでもいい。とにかく戻ってきてくれてよかった」

そっと朱狛を両手で包みこみながら、十郎は心からの笑みを浮かべた。

その顔を見て、うむと、あせびは大きくうなずいたのだ。

「よし、決めた！」

「え？　何をです？」

「うん。あたしはこれからしばらくは忙しいんだけどね、月夜公様の甲冑《かっちゅう》の修理が終わったら、一息つけるようになるから。そうなったら、一緒にあんみつでも食べに行こうよ」

「え？」

「いいだろ？　あたしが奢《おご》ってやるからさ。あんたのことが気に入ったんだよ。あんたみたいなやつは初めてお目にかかったし、これっきりなんてことにはなりたくないのさ」

逃がさないよぉと、にんまり笑うあせびを、十郎は見返した。唐突な誘いには少し驚いたが、どうやらあせびは本気らしい。感覚を研ぎ澄ますまでもなく、さわやかで心地よい好意だけがこちらに伝わってくる。

だから、十郎は笑い返した。

「喜んでごちそうになりますよ。あたしも、あせびさんのことがもっと知りたいですしね」

「……そんなこと言われると、本気にしちまうよ？　本気にしていいんだね？」

「本気にしてくださいよ」

後日、十郎は朱狛を連れて、弥助のいる太鼓《たいこ》長屋を訪れた。小さな姿になったとは言え、朱狛が無事に蘇ったことに、弥助が大喜びしたのは言うまでもない。

だが、再会の喜びが一段落つくと、弥助は十郎の顔をしげしげと見つめてきた。

「なんか、十郎さん、変わったね？」

「おや、そうですかねぇ？」

「うん。いつもよりも楽しそうだし、笑顔もなんか違うし。なんかいいことでもあったの？」

「いやはや、弥助さんも鋭いですねぇ。恐れ入りました。ええ。じつは、あたしにもついに春が来たようでして」

「えっ！　は、春って……つまり、いい人ができたってこと？　え、え、そうなの？」

「ふふ。すてきな人でしてねぇ。今度あんみつを食べに行く約束をしているんです」

楽しみですよと、十郎はにこっと笑ってみせた。

あとがき

『妖怪の子預かります8　弥助、命を狙われる』を読んでくださり、いつもいつもありがとうございます。こうして第八巻も無事に出せたことに、まずは心からの感謝を。

今回は弥助が大ピンチとなりました。弥助を救うためとは言え、やってはならぬことをやってしまった千弥。その報いがどのようなものになるかは、十巻までどうかお待ちください。

「ん？　なぜ十巻？」と思われる方も多いでしょう。でも、第九巻はちょっと小休止的な一冊にしようと考えているのです。いつもは脇役であるキャラ達の日常などを描きたいなと思っています。それにほら、初音の出産なども書きたいですし。千弥にふりかかる因果を早く読みたいと思われるかもしれませんが、ちょっと一息つく感じで、九巻を楽しんでいただけたらと思います。

それはそうと、八巻発売は特別なイベントと重なりました。そう。コミック版との同時発売となったのです！　森野きこりさんによるマンガは、マッグガーデンのマグコミでずっとネット配信されていましたが、このたび、めでたく一冊の本となりました。ぜひぜひ、たくさんの方に読んでいただきたいです。

それでは、みなさま、次の巻までしばしお待ちくださいませ。

廣嶋玲子

検　印
廃　止

著者紹介　神奈川県生まれ。『水妖の森』でジュニア冒険小説大賞を受賞し、2006年にデビュー。主な作品に、〈妖怪の子預かります〉シリーズ、〈ふしぎ駄菓子屋 銭天堂〉シリーズや『送り人の娘』、『青の王』、『白の王』、『鳥籠の家』などがある。

妖怪の子預かります8
弥助、命を狙われる

2019年6月14日　初版
2019年7月5日　再版

著　者　廣《ひろ》　嶋《しま》　玲《れい》　子《こ》

発行所　(株)東京創元社
代表者　長谷川晋一

162-0814/東京都新宿区新小川町1-5
電　話　03・3268・8231-営業部
　　　　03・3268・8204-編集部
URL　http://www.tsogen.co.jp
フォレスト・本間製本

乱丁・落丁本は、ご面倒ですが小社までご送付ください。送料小社負担にてお取替えいたします。

ISBN978-4-488-56510-7　C0193

創元ファンタジイ新人賞受賞作家の意欲作

THE PARCHED LAND OF GOD◆Akiko Tokizawa

飢え渇く神の地

鴇澤亜妃子

創元推理文庫

◆

西の砂漠に住む飢え渇く神《ダリヤ》は、
何もかもを食べてしまった。
残ったのは妻である豊穣の女神《アシュタール》の心臓の石だけ……

死の神ダリヤの伝説が残る西の砂漠。
遺跡の地図を作ることを生業《なりわい》とする青年カダムは、
探索を終えて落胆しながら帰宅した。
十年以上前、遺跡の調査に行くと言い残したまま、
西の砂漠に消えた家族の行方を探し続けているのだ。
そんなある日、自称宝石商の男が、
カザムを道案内に雇いたいといってきた。
だがカザムたちが砂漠の奥深くへと迫ったとき、
砂漠に眠る恐るべき秘密がその姿をあらわす。